目录 CONTENTS

无师生，不欢乐——人间自有情爱在，给个0分也是爱 / 001

超逗的雷人小笑话——茶喝不成了，留他洗个澡算了 / 005

爆笑萌人的儿童笑话 / 012

让你哭笑不得的雷人孩子 / 018

你上厕所也不喊我，一个人吃独食 / 023

股市里面伤心的幽默 / 029

乐翻天的搞笑短信 / 032

爆笑男女笑话十则 / 035

不着调的生活幽默 / 039

超级搞笑的职场与人生总结 / 045

生活天天乐，钓鱼也欢乐 / 047

2012最经典搞笑的段子 / 050

唐僧师徒四人的笑话大全 / 057

气死老师不偿命的校园笑话 / 062

经典好笑的餐饮小笑话 / 066

搞笑的生活笑话——你就当上错坟了 / 068

幽默讽刺笑话 / 070

甄嬛体 / 073

现今流行的爆笑笑话段子 / 083

超级有趣的幽默短笑话 / 085

职场、生活中的开心冷幽默 / 087

爆笑网语议女人 / 089

标点符号、运算符的幽默对话 / 091

春节、春运的幽默小笑话 / 096

冷幽默——我是清华算术系的 / 097

温馨的居家爆笑笑话 / 101

生活用具、食品的幽默表白 / 103

不得不笑的雷人糗事 / 105

爆笑网络话三国 / 108

超萌的小宝宝逗乐你 / 111

我卖的本来就是水煮牛肉 / 113

爆笑计算公式 / 117

生活无处不幽默 / 119

让你喷饭的幽默小笑话 / 121

看别人是怎么把10086的客服搞疯掉的 / 129

图书在版编目（CIP）数据

二师兄，大师兄说的对啊 / 梁刚编著. -- 北京：当代世界出版社, 2012.9
ISBN 978-7-5090-0842-3

Ⅰ. ①二… Ⅱ. ①梁… Ⅲ. ①笑话—作品集—中国—当代 Ⅳ. ①I277.8

中国版本图书馆CIP数据核字（2012）第129972号

二师兄，大师兄说的对啊

作　　者：	梁　刚
插图设计：	撒　职
出版发行：	当代世界出版社
地　　址：	北京市复兴路4号（100860）
网　　址：	hppt://www.worldpress.com.cn
编务电话：	（010）83908456
发行电话：	（010）83908410（传真）
	（010）83908408
	（010）83908409
	（010）83908423（邮购）
经　　销：	新华书店
印　　刷：	三河市祥达印装厂
开　　本：	730mm×960mm　1/16
印　　张：	15
字　　数：	140千字
版　　次：	2012年9月第1版
印　　次：	2012年9月第1次
书　　号：	978-7-5090-0842-3
定　　价：	20.00元

如发现印装质量问题，请与承印厂联系调换。
版权所有，翻印必究；未经许可，不得转载！

8个现代生活中的男女幽默 / 132

三伏天消暑极品——巨冷的冷幽默 / 135

超级伤自尊系列笑话 / 138

小时候想不明白的事情 / 142

12个好玩又怕怕的鬼故事 / 145

经典糗事笑话 / 149

生活中的小幽默 / 153

幽默笑话，糗事合集 / 155

三个超深冷笑话 / 163

经典笑话——男同志洗澡女同志参观 / 168

搞笑小笑话——老师，你漏点了 / 173

愚人做的蠢事，很可笑 / 177

雷人的校园糗事乐坏你 / 179

愚人小幽默，逗得你乐不可支 / 182

搞笑老板笑话总汇 / 185

乐死人的恋爱幽默 / 192

职场小幽默 / 194

高油价等生活讽刺笑话 / 196

够冷够讽刺的笑话段子 / 198

校园里面爆笑雷料多 / 202

笑死人的普通、文艺、RB青年 / 204

爆笑、恶搞无底线 / 207

这些人搞的你很没脾气 / 210

不雷不舒服,爆笑雷翻天 / 214

经典俏皮婚恋情感趣语 / 220

天不变暖,冷笑话持续 / 222

有趣、涵义丰富的搞笑俏皮话 / 225

讽刺也可以如此幽默 / 227

无师生，不欢乐——
人间自有情爱在，给个0分也是爱

1.

语文课上，老师问："谁能解释下班师回朝是什么意思？"

小明马上答道："是指打了败仗。"

老师满脸疑惑，问道："你为什么这样说？"

小明："都搬着尸体回去了，不是打败了是什么。"

老师："……"

2.

一小学生问自然老师："老师，电灯为什么要用两根电线？"

老师向他解释道："一根电线让电进来，而另一根电线还要让电回去。"

小学生听后高兴地说："那我们剪断一根电线好了！光让电进来，不让电回去，学校就再也不会停电了。"

老师："……"

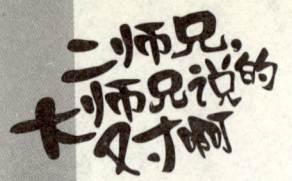

3.

语文老师问一学生:"为什么人们通常把北宋著名文学家苏轼又称为苏东坡?"

学生答道:"因为他烧的东坡肘子味道鲜美,中外驰名,所以大家就叫他苏东坡,而忘掉他的本名了……"

老师:"……"

4.

科学课上,老师让同学写实验中小灯泡不亮的原因。十分钟后,老师抽了一位十分调皮的同学,检查作业,此同学写了一句:"家里太穷,买不起电池……"

老师:"……"

5.

老师:"多位数减法。先把上下位数对齐,然后个位数减个位数,十位数减十位数……遇到低位数不够减时,就向高位数去借。"

学生举手问:"老师,要是高位数不借,那怎么办呢?"

老师:"你出去。"

6.

老师调侃学生:"据科学家分析,痴呆有两种:一种先天性痴呆,一种后天性痴呆。"话音未落,下面一同学赶紧举手问道:"老师,我属于哪一种?"

7.

上课铃响后,老师走进教室,他用手蘸了一下口水,"哗"的一声翻开课本,清了清喉咙,说:"同学们,今天我们讲第一课《从小讲卫生》,请大家把书翻开。"结果孩子们你看看我,我看看你,然后一个接一个地把手指伸到嘴里蘸一蘸,翻开书。

8.

一个调皮学生犯了错误,被老师处罚后,写了悔过书。

过了两天,他又被带到了教导室,老师说:"你不是写了悔过书了吗?"

他说:"老师你看悔过书反面。"

老师这才发现,反面还有四个字:"隔日作废。"

9.

A:"真倒霉,昨天的四道应用题,我只做错了两道,就挨了老师一顿批评!"

B:"那有什么,我没做错题也挨了老师一顿批评!"

A:"为什么?"

B:"因为我一道题也没做。"

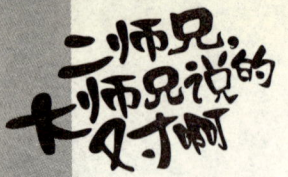

10.

作文课上,老师布置了一篇500字的作文。下课铃响了,一学生发现自己只写了250字,灵机一动,在文章最后一行写了"上述内容×2"。

几天后,作文本发下来了,在成绩的位置上出现"40÷2"。

11.

某同学在一次考试中写道:"千山万水总是情,给点分数行不行。"改卷老师看了当即回给他:"人间自有情爱在,给个0分也是爱。"

超逗的雷人小笑话——茶喝不成了，留他洗个澡算了

有个人留客人喝茶，因为没有茶叶，便到邻居家去借。很长时间邻居也没有送来，水烧开，也不见拿来，没办法只好不断往锅里添加凉水。过了半天，锅里的水已经满了，而茶叶最终也没有送来，妻子对丈夫说："茶是喝不成了，不如留他洗个澡算了。"

我在学校入团时，当时只有我和一个女生，我们的团支书主持的时候毫不犹豫地说："今天是两位同学大喜的日子……"其余同学笑得前仰后合。自认为这是我人生第一次结婚，场面很喜庆，哈——

老公和老婆聊天,聊着聊着回忆起了童年的往事。
老公说:"我6岁的时候在幼儿园曾和女孩子玩过家家的游戏。"
老婆问:"你当时是不是给了那个女孩子三颗糖?"
老公大惊,问:"你怎么知道的?!"
老婆大怒:"该死的,有两颗糖里面包的是石头!"

老婆向老公炫耀自己的胸器,老公露出不屑的表情,老婆气呼呼:"难道你还见过比这更大的?"
老公淡定回答:"当然,大学时候有个女同学,那才叫胸器呢。"
老婆怒道:"什么情况,从实招来!"
老公:"当年跳集体舞,就是大家手拉手围成一圈的那种。跳到热烈处,她的衣服就全抽上去了,胸器一览无余,汹涌澎湃。"
"啊?她不知道吗?"
"知道啊。"
"那她为什么不整理衣服?"
"她两只手都被别人拉住了呀!"

同学们,现在正向我们走过来的是程序员方阵!他们穿着拖鞋,披着毛巾,左手拿着键盘,右手举着鼠标,腋下夹着USB转换器。他们因睡眠不足而显得精神不振,喊着微弱的口号走过主席台,校长问候:"程序员们辛苦了!"程序员方队异口同声地答道:"Hello,world!"

汉语六级听力——请听题：小芳："你妹啊，老娘这个月大姨妈还没来，愁死姐了，简直就是坑爹啊！"提问："短文中谁很着急？"

A.小芳她妹妹 B.小芳她老娘 C.小芳她姐姐 D.小芳她爹 E.小芳她大姨妈 F.小芳 G.小芳他男朋友

（正确答案：G）

小明发了一条微博："最近怎么啦，难道我遇见鬼了吗？"

一个叫"鬼"的人回复："你什么时候遇见我了？"

小明说："我又没说你，我说的是那个鬼。"

一个叫"那个鬼"的人回复："那你怎么又遇见我了呢？"

小明说："求你，放过我吧，我再也不说话了。"

一个叫"我再也不"的人回复："放过他吧，我说话了。"

老婆："老公，吃饭了。"

老公："咦，摆这么多碗干吗啊？"

老婆："一会儿你就知道了。"

老公尝了口菜："哇，怎么这么咸？"

老婆："今晚失误了，盐放多了。这些碗里都是白开水，在第一个碗里洗洗，第二个碗里涮涮，第三个碗里泡泡，就可以吃了。"

老公："……"

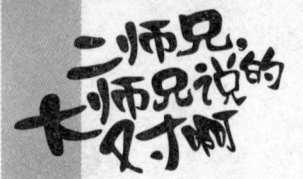

中午特渴,去一小卖部买了一瓶冰红茶。喝了一半发现是山寨的,已经喝了,也没办法。一看瓶盖,再来一瓶。马上和老板说中奖了,再给一瓶。老板很淡定地说,你再仔细看看。我一看,再买一瓶……

某人接到通知,说他被公司解雇了,连忙去见人力资源部的主管,说:"我在公司干了这么久,现在让我走,至少该给我一封推荐信,让我好找工作呀!"主管点点头,马上为他写了一封推荐信,他拿过来一看,只见上面写道:"此人在我们公司干了十年,当他离开的时候,我们都很满意。"

结婚那夜,新娘笑着对新郎说:"看,老鼠在吃你们家的大米呢。"

第二天早上,新娘醒来,看见老鼠又在吃大米,顺手丢过去一只鞋子:"该死的老鼠,竟敢吃我家的大米!"

年轻的律师第一次打官司就赢了,他回到家,对老律师父亲说道:"爸爸,你还记得你经手的那宗约翰和彼得的没完没了的官司吗?我只用了一个月便把它顺利地解决了。你瞧,连律师费都拿到手了。真不明白你怎么会拖那么久也没有办完。"

老律师:"孩子,你知道我是怎么供你读完法学院的吗?"

一日深夜，偶辗转反侧，夜不能寐，遂发短信给友寝一姐妹："郁闷中，陪偶聊会吧。"不一会儿，姐妹回信："好吧，想聊什么？话题由你定！"偶想了想，乐着回复道："那偶们就聊点沉重的话题吧，比如说——你的体重！"一阵沉默过后，姐妹回短信，上面写道："这也太沉重了吧，那我们还是聊点肤浅的吧，比如说——你的智商！"

老外游莱芜，遇一老太太逗猫，上前问："你在干吗？"老太太答："古捣猫呢！"老外大惊，连老人都会外语！赠其巧克力，老太太以为是地瓜干，说："俺莱芜有！"老外晕倒！

军事演习中，一颗炮弹打偏，落在老百姓的农田里。部队领导派士兵前去查看，只见农田里站着一位老农民，衣衫破碎，满面漆黑，双眼含泪，说到："我不就是偷棵白菜嘛，犯得着用大炮轰我吗？"

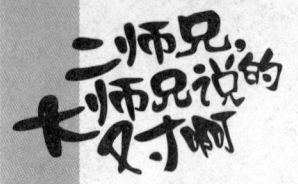

一位旅行者来到一条乡间大道，见路边一个路牌上写着："马路封闭，莫再前进！"他见前面没有什么障碍，自信旅行经验丰富，便照样前进。不久，他走到一座断桥边。不得不回头。当他回到刚才放置路牌的地方时，见路牌的背面写着："欢迎你回来，傻瓜！"

一次跟个美眉坐电梯，同乘的有个酷酷的大胡子老外。那个美眉一直唧唧喳喳说个不停，我就说："别吵了，再吵把你卖给这个老外。"那个老外咧开大嘴，面露喜色，用不太标准的普通话说："真的？"

一天深夜，一名男子走进一间牙医诊疗室，说："对不起，您能帮帮我吗？我觉得我是一只飞蛾。"
牙医："你不该看牙医。你需要看精神病医生。"
男子："没错，我知道。"
牙医："那你为什么还上这儿来？"
男子："这边灯亮着。"

从前有个胖子，听说瑜伽能减肥。皇天不负有心人！两个月后，他变成了一个柔软的胖子……

你说在狗狗几岁的时候跟他们说，他们是领养的不是亲生的这个话题比较合适呢？

一天，卖猪肉的喝了卖奶粉的奶粉，卖奶粉的吃了卖馒头的馒头，卖馒头的吃了卖大米的大米，卖大米的吃了卖火腿肠的火腿肠，卖火腿肠的吃了卖面包的面包，卖面包的吃了卖猪肉的猪肉……最后他们都死了，卖墓地的发了财，但最后卖墓地的饿死了……

有个人在沙漠里工作。一天晚上，他带着一个徒弟出去巡视。大晚上，很荒凉。他徒弟就说他从小就怕水。这个人问："为什么？"徒弟说了句："我小时候被淹死过。"

A："这块金表一点儿也不准，气得我想把它扔了。"
B："那多可惜，送我吧！"
A："对不起，圣人说：己所不欲，勿施于人。"

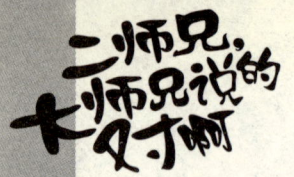

爆笑萌人的儿童笑话

妈妈看见女儿眼球红得很厉害，便带她去看眼科医生。

医生对妈妈说："因为眼睛感染了细菌，所以导致全球发炎……"

女儿问妈妈："妈妈，他是不是说我的眼睛发炎，就会影响全球啊？"

小女孩不爱吃饭，常常把大人们折腾得够呛。

有一次小女孩的妈妈没办法，拿了根筷子吓唬她："再不吃饭，要打你了！"

小女孩抬头看了一眼，委屈地说："不要用有油的那头！"

两岁的女儿过年回乡下奶奶家，没有马桶，我就在院子里把她拉粑粑。刚拉出来，狗狗就过来舔了。女儿问我："狗狗在干吗？"我："在吃粑粑。"女儿："妈妈，你叫狗狗给我留点……"

女儿上一年级了，一天妈妈指着作业本上的"木"字问女儿，女儿无奈地摇摇头说不认识。妈妈指着家里的板凳问女儿："板凳是什么做的？"女儿想了想回答说："板凳是屁股坐的。"

小孩跌伤了，他的母亲用布蘸了些酒，替他揉擦。小孩问道："爸爸的肚里，一定伤得很重吧？"母亲说："闭嘴，净瞎说。"小孩道："要不他干吗每天都喝那么多酒呀？"

女儿三岁了，因为长得漂亮，所以很多人都喜欢她，从来都是小美女、小公主的叫。她也很享受这种待遇，经常一个人自言自语："唉，太阳这么大，把我晒黑了，不漂亮了，怎么办啊？"我听了之后就忍不住想笑。她很生气地看着我："笑什么笑，没看过美女忧虑啊？！"我……

一小孩去一座古寺游玩，途中遇到一算命的。小孩问："给我算算，我能活多长时间！"算命的瞅着小孩的脸半天，说道："小孩命好啊！"小孩心中大喜，忙问："快说，我能活多久？"算命的说："你能活到死啊！"

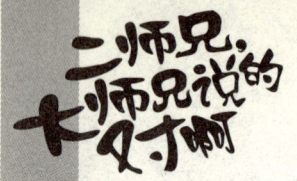

一天，小利斯神看到一个老太太坐在家门口的椅子上，嘴里塞满了布条，很痛苦的样子。于是，他生气地问道："你们怎么能这样对待一个老人呢？"老太太旁边的一个小女孩吞吞吐吐地说道："奶奶昨天与人吵架……嘴巴不受控制了。"

局长的儿子放学回家，见爸妈没在家，便到他们一家人常去的餐馆吃饭。小家伙点了几个菜，要了碗米饭，吃饱喝足，用餐巾纸把嘴一抹，对服务员说："签单。"服务员惊讶地说："你也能签单？你这孩子是不是有什么毛病！"局长儿子："你才有毛病！大人吃饭能签单，我就不能呀？你们想欺负小孩？没门！"老板走了过来，看到这个熟悉的小家伙，对服务员说："你刚来这里不清楚，这孩子的老爸经常签单，以为谁吃饭都能签单呢。"

儿子对爸爸埋怨道："爸爸！你记性也太不好了吧！"爸爸很奇怪地问儿子："怎么了？从哪看出来我记性不好啊！"儿子说："奶奶说你娶了媳妇忘了娘。"

一天，幼儿园的小朋友正在活动，老师发现小明有点奇怪，就问他："小明，你不觉得你今天穿的袜子很奇怪吗？一只是红色的，另一只是绿色的。"小明："是啊，我也觉得特别奇怪，更奇怪的是我家里还有一双这样的袜子。"

儿子对他爹抱怨道:"我们家的房子怎么这么小啊!"爹说:"儿啊,现在房价太贵了,爹没有那么多钱。"紧接着爹又说:"所以你要好好学习,将来挣钱买大大的房子!"儿子听后,疑惑地问:"那你小时候为啥不好好学习?!"

一个从没梳过头的懒孩子拿梳子梳理自己的头发,头发拉得疼。于是,她感慨地说:"难怪人们都说母亲是伟大的,梳头这么难受,母亲还天天坚持。"

初冬的一个周末,带儿子一块去买衣服,恰巧遇到商场服装换季大甩卖。我给儿子挑了一件不错的T恤衫。儿子问:"妈妈,你让我现在穿这个吗?"我给他解释道:"怎么能呢,我这叫反季购物,价格便宜,冬天买了你夏天穿。"儿子半天没吭声,过了好一会儿突然和我说:"妈妈,咱买些冰激凌存起来吧,到了夏天我好吃!"

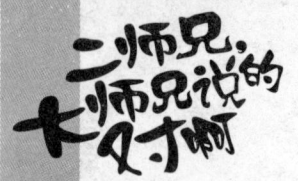

期末考试成绩公布了，一学生气愤地找老师评理。学生："老师，我认为这门课我不应该得零分。"老师："是啊，我也这么认为，可学校规定，最低只能打零分。"

一天，我带妞妞去自助银行取钱，只见一个小男孩在ATM机前闹着："爸爸，不要把钱放进去！为什么要把我们的钱白给它啊？"轮到我时，见我取了钱的妞妞突然紧张地看了一下还在门口的那个小男孩，示意我蹲下身，悄悄地说："爸爸，以后我们没钱了就来这里拿，不要让他们发现了。"

一天，妞妞坐在沙发上哭，我就变戏法逗她玩。我从她的小书包里变出一个比书包还要大的公仔熊，妞妞顿时笑了。我趁机哄她说："妞妞，你愿意和帅爸爸一起玩吗？"谁知，妞妞一把从我手里抢过小书包，迫不及待地打开，说："他也在我的书包里吗？"

一次，我带毛毛去动物园。毛毛对关在栅栏里的老虎很感兴趣，挣脱我的手凑过去。我大惊失色，一把拽过她："毛毛，别靠近老虎！"毛毛转过脸，笑眯眯地说："放心吧，爸爸，我不会弄坏它的。"

一天,正在读小学三年级的儿子拿回成绩单,竟有好几门功课不及格。儿子委屈地说:"爸爸,看来是我太笨了。"我摇摇头说:"怎么可能!我和你妈读书时一直是班里的尖子生,按照遗传原理,你不应该这样的。"儿子听了这番话显得心情很复杂,于是低声问我:"爸爸,你不会是在暗示我不是你们的亲生儿子吧?"

我想考考儿子的算术,于是问他:"我拿6块糖让你和隔壁弟弟均分,你分几块给他?"

"两块。"儿子回答。"怎么是两块?你不是学了除法吗?"儿子答:"我是学了,可弟弟还没学啊!"

一天,儿子便便完了,冲水的声音响过半天,也不见他出来,一看他站在马桶前半天不离开,我说:"你干吗?"儿子仰起小胖脸说:"妈妈,便便给冲走了是不是就出现在一楼人家的马桶里了?"

爸爸听到这个问题,乐了,"唉呀,这下子可问对人了,来,让爸爸给你专业地解释一下。"

爸爸抱过儿子,放在腿上,展开纸张,开始画草图。

"这是下水管道简图。"

"这是剖面图。"

……

讲解的过程费时四十多分钟,这期间儿子数次企图逃跑,多次呼救"妈妈,爸爸不让我走……"。

终于,爸爸自认为讲清楚了,和蔼地问:"知道怎么回事了吗?"

儿子抽泣着回答:"呜——呜呜,便便没有去一楼。"

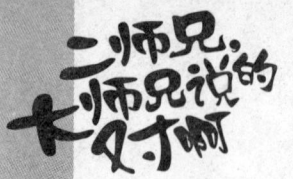

让你哭笑不得的雷人孩子

某幼儿园招生，园长问小朋友："会不会从1数到100啊？"小朋友看了一眼园长说："1,10,11,100，数完了。"院长扭头对家长说："你这孩子不适合来我们幼儿园，智商太低。"孩子突然大吼起来："你智商才低！我懒得数100个数，按照二进制数不行啊！"

孩子对父亲说："吝啬和节俭有什么分别？"父亲说："当然有啦！比如我买了一双降价的鞋子，这就是节俭，而要是给你妈妈买一双降价的鞋子就是吝啬了。"

3岁的儿子:"爸爸,我长大了要当一名北极探险家。"爸爸:"好啊,爸爸支持你!"孩子:"可是我想现在开始训练自己。"爸爸:"怎么个训练法?"孩子:"我每天要吃一个冰激凌,才能适应北极寒冷的生活。"

9岁的明明老听大人讲"雷人的……""雷人的……",他是既有兴趣又迷惑。这天他终于忍不住问爸爸:"雷人是谁?这人太有名了!他是雷锋的后代吗?"

儿子对妈妈说:"我在公交车上踩了一个阿姨的脚。"妈妈问:"那你有没有跟阿姨道歉啊?"儿子:"我说了对不起,阿姨给我了一块糖!"妈妈表扬道:"真乖,那你谢谢阿姨了吗?"儿子说:"没有,然后我又踩了阿姨一脚,说了对不起!"

儿子7岁,还跟我们一起睡一个房间,就是大床旁边放个小床。一天早上我先起来,儿子钻到大床上来,抱着妈妈睡,过会儿醒了对我说:"爸爸,你看,我在和你老婆一起睡觉哦……"

小朋友联欢,大家都表演节目。其中一个孩子很厉害,上台表演弹钢琴。演奏完后,下面看节目的爸爸妈妈们都一直在喊,要她再弹一首。老师就问她要不要再弹一首,结果,小孩急得快要哭出来:"我又没有弹错,为什么还要我再弹一次?"

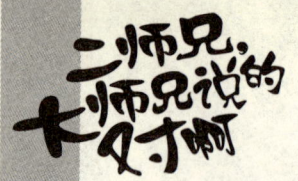

跟团去草原玩,一牧民抱着一个出生五天的小羊羔说:"抱小羊照相十元。"一小萝莉求着妈妈要照相,随后抱着小羊羔开开心心地拍了一张照片。当她把小羊羔还给牧民时,一脸同情地说道:"小羊羔真可怜,出生才五天,就要打工养家了!"

儿子放假时去我上班的医院玩。吃饭时,护士故意逗儿子道:"我做你女朋友,要不要?"见儿子不回答,旁边的医生不死心地追问:"女朋友你都不要啊?"儿子抬起头来,看了他一眼,用不屑的口气响亮地答道:"我幼儿园有。"

一天,放学回家后的小明对妈妈说:"妈妈,你应该给我起一个更厉害的名字。"妈妈问:"为什么这样说呢?"小明:"我们班有个同学,他的名字就很厉害,老师从来不敢叫他的名字让他回答问题。"妈妈大惊:"他叫什么名字啊?"小明淡定地说:"马麻。"

一年级的小朋友出去郊游,老师说不论做什么事情都必须10个人集体活动。过了一会儿,突然有人喊道:"还有谁要去厕所?快点儿!我们9个人已经憋不住了!"

一日，我与家人争执了几句，气呼呼地往外走，3岁半的小堂弟看我要出去，急忙跑过来。他非常喜欢和我一起玩，我出去的时候他大多要求跟着。弟："姐姐，你要去哪儿啊？"我气急败坏地说："我要去死！"弟弟沉默几秒后弱弱地说："我也要去，我去看你怎么死的……"

明天儿子过生日，妈妈准备给儿子买一件礼物。

妈妈："你希望妈妈给你买什么？"

儿子："要一块大蛋糕。"

妈妈："还要什么？"

儿子："还要一块大蛋糕。"

妈妈："你要这么多大蛋糕干啥？肚子能装下吗？"

儿子："那就再要一个肚子。"

孩子："妈，我们考完了。"

妈妈："看你都瘦了，妈给你煮几个鸡蛋。"

孩子："不用了，老师给了。"

"伯伯！谢谢你昨天给我的气球。"

"这种骗小孩的东西，谢什么？"

"我也这样觉得。不过母亲关照过我，无论拿了人家什么东西，一定要谢的。"

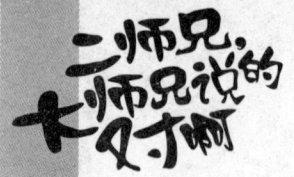

爸爸："你学过世界地理课了,你知道世界上哪个国家的人口最多吗?"

女儿："知道,是联合国。"

儿子："爸爸,刚才那位叔叔一定是你们的领导。"

爸爸："他脸上又没有标志,你怎么知道?"

儿子："你脸上有标志啊!"

儿子："家长会上老师表扬我了吗?"

爸爸："没有,听了半天也没有听到你的名字。"

儿子："那老师念完表扬的同学的名字后说等等了吗?"

爸爸："说了。"

儿子："那就是表扬我了,我一般就在等等里头。"

你上厕所也不喊我,一个人吃独食

1.

某天第一节晚自习下课,上完厕所往教室走。听见一女对另一女说:"哎呀你上厕所也不喊我,一个人吃独食……吃独食……"

2.

收到一短信"把钱打到XX账号,李XX",想起网上整骗子的方法,回了"50万是一次打过去,还是分两次打",回过去立马收到回信"恭喜你成功定制XX,包月30元",我……

3.

情人节那天爸爸对女儿说:"你是我上辈子的小情人,所以我要到校门口等你,我们一起过情人节吧。""我要画画,没空陪你。"女儿答。"那我会一直等下去。"爸爸仍然坚持!此时,女儿看着爸爸的眼睛冷静地答到:"上辈子的事我们就不要再提了!"

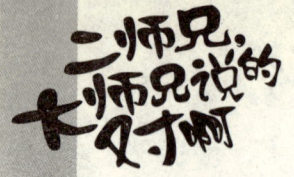

4.

爷爷给孙子讲故事,爷爷:"在春秋时期……"孙子:"爷爷请说清是春还是秋?"爷爷:"有一个诸侯……"孙子:"爷爷!到底是猪还是猴啊?"爷爷:"不讲了!"

5.

5岁的隔壁小女孩见我在吃泡面,很馋,我知道她怕辣,偏偏我的泡面很辣,所以不肯给她吃。后来看她不罢休,我也想逗她,就给她尝了口汤,果然辣得她直吐舌头,旁边一个小男孩看到了,很不给面子地嘲笑她。于是,小女孩突然拉过那个小男孩,嘴对嘴就亲上去了,结果小男孩辣哭了,小女孩很高兴地回家了。

6.

小明年纪小,自己一直不单独上厕所,非得让妈妈跟他一起去。一天妈妈在外面忙,看到小明自己从厕所出来,便问:"今天你怎么自己去厕所了?"小明说:"我以为你不在家呢。"

7.

晚自习安排了模拟考。哥很聪明,事先把复习提纲用手机拍照,考试时趁老师不注意悄悄翻看。悲剧的是,学校这个时候居然停电了……刹那间,哥的脸犹如夜空中的满月,好亮好亮……

8.

我珍惜每个评论过我状态的人。因为不会有人闲得慌,去在乎你的心情……

9.
老师为了杜绝出现早恋现象,自以为很精明地把位子调开,男生和男生坐,女生和女生坐,他完全不知道其实会有更棘手的事情发生!

10.
刚才买了一张现刮的彩票,我发现这是破碎最快的梦想。

11.
初中的时候,老师总是把漂亮的女生安排和我同桌,防止她们早恋……

12.
突然觉得《喜羊羊》和《西游记》很像,都是每集都被抓住了,然后肯定不会被吃掉。

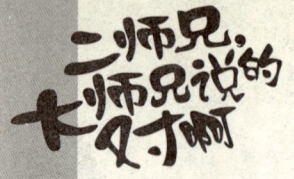

13.

生活就是你刚领了一千块的稿费,就发现手机坏了得买新的,刚报销了五百块的车钱,微波炉就立刻短了路,刚领了年终奖,楼下的车位就非要卖给你才能停车……

14.

有这么一类人,他们穿鞋的时候会很认真地系鞋带,但脱鞋的时候绝不会解鞋带,也不会用手把鞋拿下来。直接左脚踩右脚,右脚踩左脚,暴力地把鞋踩下来,是你吗懒蛋?

15.

我觉得这个世界真小,你的小学同学是你高中同学的初中同学,你的高中同学是你初中同学的小学同学,你的初中同学是你小学同学的高中同学,其实大家都认识!

16.

路遇两老人下棋,小马在一旁观战,盘面很胶着,整整十分钟,两老者一直在思考,又过了许久,其中一位抬起头问:"到谁了?"对方答:"我也不知道!"

17.

刘备没有安身之地,向孙权借了荆州,不想还了。孙权派鲁肃来要,刘备来了个一哭二闹三上吊,鲁肃只好去找孔明:刘备好歹也是个皇叔,咋成了钉子户了?

18.

一青年随手将手上的易拉罐扔在马路旁,一民警过来说:"这么不文明,要是所有的人都像你样……"话音刚落,一捡破烂的老汉答道:"那我就发财了。"

19.

足球羡慕篮球:"真羡慕你啊,整天被人抚摸来抚摸去,而我整天被人踹来踹去的。"篮球:"我才羡慕你呢,被那么多人追求,追我的人就少多喽!"

20.

班主任是什么?就是一个破坏完你友情、再破坏你爱情、还不放过你亲情的人!

21.

以前的情人节都是作业跟我一起过的,今年看来连作业也抛弃我了……

22.

每个用iPhone的女人背后,都有一个帮她越狱的男人;每个用Android的女人背后,都有一个帮她root的男人;每个用诺基亚的女人背后,都有一个默默摔她手机的男人……

23.

有个比自己高20多厘米的男朋友的好处之一是从他那个角度看我,我的脸就没那么肥了,而且会感到略萌。

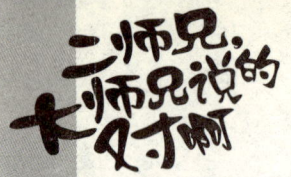

24.

发现Win7里有个跳棋,玩了一下午。开始一直输,后来感觉来了,走了步好棋,只见对话框里蹦出两句话:"牛,好棋!"我以为单机小游戏呢就回了个:"电脑也会说话?"然后好长时间没动静,最后对方发了句话:"大哥,我陪你玩一下午了,您居然就没把我当人看。也忒让人寒心了……"

25.

放假回家了,本地恋变成了异地恋,异地恋变成了本地恋,没人恋还是没人恋……

股市里面伤心的幽默

1.

昨天的聚会上,有人给我介绍了一位新朋友,说是炒股炒成了百万富翁。厉害呀!佩服佩服!我坐在他边上,悄悄地请他传授秘诀。他一脸木然地对我说:"其实也没啥秘诀……我原来是亿万富翁。"

2.

下午开会有人迟到,领导面有愠色:"几点了?"答:"3900点。"领导:"我是问你什么时候!"答:"收盘的时候。"领导急了:"出去!"答:"出不去,全跌停了。"

3.

由于操盘手技术不好,第一轮没跌到位,第二轮又没跌到位,接着跌第三轮,还是没跌到位,这时散户哭了,抱着证监会主席的大腿说:"大哥,你把我的钱没收了吧!我不要了,太他妈吓人了……"

4.

饭馆老板贴出招聘启事,有三个人前来应聘……老板问头一位:"你有什么特长?""我做过操盘手。""手艺怎么样?""也没什么,只不过能把股价从5元炒到50元而已。""太好了,我这里正需要一个大厨,就是你了。"第二个人递上了履历表,老板翻了翻,说道:"噢,是股评家呀。这样吧,你的工作就是每天站在门口,见人就给我往里拉,这点事对你来说不难吧?"转头问第三个人:"你是干什么的?"那人羞得满脸通红,不敢吱声。第二个人急忙说道:"他是我带来的,散户出身,洗碗扫地什么的随便安排个活就行。"老板有些为难:"我这里很高级的,要散户做什么?"正说着,忽听大堂里传来一片吵嚷声。老板急忙叫过一个服务员,问她出了什么事。服务员回道:"采购员今天忘了买肉,客人点的菜半天送不上去,正在发脾气呢。"老板顿时慌了神,这时,身旁的散户猛地拔出一把尖刀,捋起裤腿,"噌"地一刀割下一大块肉,血淋淋地丢给服务员:"先拿去应急。"转身对老板说道:"老子别的本事没有,割肉是经常干的,不信你问问他们二位。"

5.

股民老赵想给同事小赵送礼,他老婆说:"你在单位资格最老,为啥要巴结一个小青年?"老赵说:"主要考虑中长线,小赵研究生学历,科班出身,属高科技板块;他虽年轻,却成绩突出,深受各方好评,真正盘小绩优;他老家在陕西,沾点儿西部概念;眼下他正与我们局长女儿热恋,具有潜在的重组题材;听说他老爸在省里位高权重,等于控股大股东实力雄厚……,如此多的利好集于一身,小赵的仕途必定上涨空间广阔。现在给他送礼,如同在低位吸筹。日后他一旦挂牌上市当了官,少不了给我分红派息或大比例转增股本。"

6.

本想抄底,却抄在了地板上,没想到还有地下室;抄在地下室的,没想到下面还有地窖;抄到了地窖的,没想到下面还有地壳;抄在地壳上的,没想到下面还有地狱;拼死抄到了地狱里的,结果是死了也没想到:地狱居然还真有十八层。

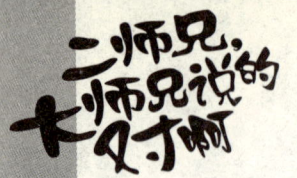

乐翻天的搞笑短信

1.

iPhone就像跑车，样子时髦速度快，就是耗油有点大；Android就像改装车，满足你各种DIY，但是万一哪次没Y好就挂了；Windows Phone就像新能源车，一直活在神话中，用的人少；诺基亚就像老卡车，开车的司机见谁都说：我这车，皮实；山寨机就像三轮车，开它的人自个儿真把它当汽车……

2.

如果没有花朵，春天将会寂寞；如果没有激情，四季将会平庸；如果没有我，你将会失去一个最关心你的人！如果没有你，小兔会问："我该和谁赛跑呢？"

3.

当你在路上遇到狗的时候不要惊慌，要勇敢地与它搏斗，顶多会有三种结果：一是你赢了，你比狗厉害；二是你输了，你连狗都不如；三是你们打平了，你和狗一样。

4.

知道我们为何有缘吗？早在一千年前我们就认识了，是个秋天，你随我在风里跑，在我身上留下了牙印，这事成了千古佳话。那时，我叫吕洞宾。

5.

如果我是狐狸你是猎人，你会追我吗？如果我是茶叶你是开水，你会泡我吗？如果我是汽车你是司机，你会驾（嫁）我吗？如果你是钱我是存折，我一定会取（娶）你的。

6.

如果天上落下一滴水，那是我想你而流的泪；如果天上落下两滴水，那是我爱你而心醉；如果天上落下无数滴水，那则是……别瞎想了，下雨了！

7.

有一颗豆跌倒了，它气馁，情绪低落。这豆就是我，有什么能鼓励我站起来呢？答案就是你！因为有一样东西，叫"朱古力（猪鼓励）豆"。

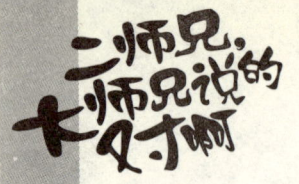

8.

你我都是单翼的天使,只有彼此拥抱才能展翅飞翔。我来到世上就是为了寻找你,千辛万苦找到你后却发现:"妈呀!咱俩的翅膀是一顺边的!"

9.

收到一条短信:"今日15点31分开始起,我老婆就要开始陪别人的老公睡啦,我还得幸福地伺候着洗漱更衣沐浴,没办法他带枪来的。"看了百思不得其解,咋会有这么贱的人。后来一看发信人,我勒个去,生孩子居然有这样报喜的!

爆笑男女笑话十则

选择

姑娘和小伙子经婚姻介绍所安排，在公园里见了面。两人谈了没一会儿，姑娘便起身告辞。小伙子对姑娘很中意，见她要走，心里很急，连忙追问原因。姑娘："你虽然相貌堂堂，可是腹中空空。"小伙："谁说我腹中空空？来公园之前还吃了顿西餐，喝了三杯葡萄酒。"

电脑介绍

吕小姐："我要找一个年龄比我大一点，个子比我高一点，学历比我强一点，收入比我多一点，风度比我帅一点，家里房子要大一点，老人要少一点的男友。"婚姻介绍所的电脑立刻打出如下文字："吕小姐，你的嘴多了一点，应找一个姓聂（聶）的男子与你相配，因为他有足够的耳朵听你唠叨。"

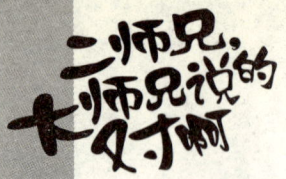

塑造一个

甲："你找对象有什么条件？"

乙："我的要求并不高：男方必须脸孔漂亮似演员，体格强健似运动员，学问渊博像研究员，家里布置得像花园，银行存款50万元，另外嘛，对我体贴得像服务员。"

甲："噢——你的条件并不高！我托邻居给你帮忙。"

乙："你的邻居是干什么的？"

甲："他是作家。叫他帮你在小说中塑造一个。"

择偶

一位老姑娘来到婚姻介绍所，对工作人员说："我感到太寂寞了！我有遗产，什么都不缺，只少一个丈夫，你能帮我介绍一个吗？"

工作人员："你能谈谈条件吗？"老姑娘："他必须是讨人喜欢，有教养，懂礼仪，能说会道，爱说爱笑，喜欢运动，最好还是能歌善舞，趣味广泛，消息灵通。最重要的一条，我希望他能终日在家里陪着我，我想和他说话，他就开口；我感到厌烦了，他就别出声。""我懂了，小姐，"工作人员耐心地对她说，"你需要的是一台电视机。"

组装的凑合

甲："芳芳，你找对象要什么条件？"

乙："尽量找个外国佬。"

甲："如果找不到，找个华侨行不行？"

乙："可以。"

甲："如华侨也找不到呢？"

乙："原装的没有，组装的也凑合。"

嫁当兵的

一位姑娘感慨地对女友说:"我非当兵的不嫁,而且非等他复员后才嫁。"

女友不解地问:"为什么?"

"因为他在军队中学会了洗衣服、缝衣服,而最主要的是学会了服从命令。"

印象

介绍人:"姑娘,你对他印象如何?"

姑娘:"他说话和你抽烟一样。"

介绍人:"很潇洒、飘逸,是不是?"

姑娘:"不,吞吞吐吐,含糊其辞。"

买花

某一年夏天的某个周末,我和我BF还有一群朋友准备出去唱KTV,晚上10点过去已经没有包房了,前台小姐说要不唱午夜的,12点开始,给你们预定,而且也便宜,我们那群夜猫子就决定通宵了。

因为还有2个小时,晚上也凉快,我们就在一个开放式公园的花坛边聊天,我和我BF还有另外一个男性朋友并排坐着,我坐左边,我BF中间,右边是另外那个男性朋友。这时候跑来个小MM,手里拿了一把玫瑰花,他看了看我们3个,于是对着我BF说,哥哥买朵花给姐姐吧,我BF刚想拒绝,谁知右边的那个男性朋友突然抱着我BF的胳膊,撒娇状地说了句:"买一朵吧,人家想要嘛。"接着,整个世界安静了2秒,然后看到那个小MM的眼角抽搐了几下,默默地走掉了,当时我们一群人差点笑得没趴下来。

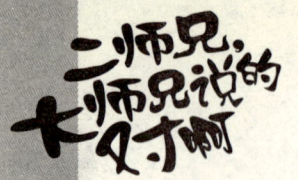

被窝外放屁

昨晚，我先睡了，老婆在看电视，大概11点多，我放了一个超级臭的屁，刚好这时老婆钻进被窝要睡觉。刚一钻入被中，立刻被熏得跑出来，然后大怒道："谁放的臭屁！"我疑惑不解的是，难道还有其他人？

大难临头各自飞

下班回家，上了公交车发现老婆也在上面。看到我上来，老婆开心得不得了，下了车，牵着她的手走回家的路上，老婆还在感慨："真好，下了班能一起回家，晚上还在一起，这就叫双宿双飞……"为了配合老婆的兴致，我也随声附和："对啊，夫妻本是同林鸟嘛。"被老婆一顿狂打……然后问我："你打算什么时候飞走？"

不着调的生活幽默

夫妻俩在谈论《三国演义》。妻子说："曹操率领81万人马出征……"

丈夫听了，立刻纠正说："不对，人家是83万人马。"

妻子说："是81万。"

丈夫说："是83万。"

两人争执不下，干脆去取书。丈夫上炕取书时，把被窝里睡得正香的孩子踩了一脚，孩子哭了起来，妻子说："该死的，把娃踩死了！"

丈夫听了，不耐烦地说："两万人都叫你给说没了，还在乎这一个半个的。"

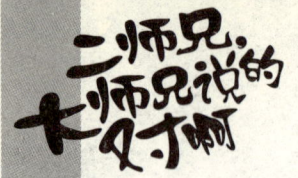

甲："你最喜欢的运动是什么？"
乙："睡觉。"
甲："哇，运动量好大。"

晚上，老公告诉我，他买了1000元钱的彩票。

我不满地说他败家，老公笑着说："前两天，算命的告诉我，说我这几天财运旺，所以这次我肯定能中大奖。"说完，他就坐在沙发上，悠闲地喝着茶，自言自语："中了500万后，先买套四居室，再把家电全换成新的。还有，给老婆你买高档时装、高级化妆品，谁让咱有钱了呢。"我苦笑着去盛饭，一不小心，饭碗掉到地上摔碎了。这时，就听老公大叫道："你先别急着摔东西呀，咱还没中大奖呢。"

我那重达120磅的老婆问我，在我的心目中，她是不是永远排第一位，我回答说："亲爱的，当然是啦，毕竟有你堵着，是没有人挤得上去的啊！"

女人："你知道世界上什么东西最硬吗？"
男人："……"
女人："是男人的胡子！你们的脸皮那么厚，胡子都能长出来，是不是最硬啊！"

男人："那你知道世上什么东西最厚？"

女人："……"

男人："是你们女人的脸！胡子都那么硬了，你们女人还长不出来！"

去医院体检，医生拿着我的报告单，说："幸好你来得早啊……"我惊出一身冷汗，这家伙慢悠悠把话说完："再晚点儿，我就下班了。"坑爹啊！

某男和女同事说好了年会如果中奖对半分，结果女同事真中了，中了个五星酒店套房一晚……

昨天跟一个女同学打电话，她听到我在看电视，就随口问了一句："你在看什么呢？"我说："《你是我爱人》。"然后……她说："现在才知道啊？早些年干什么去了？！"

"我给大家介绍一下，这位是刘处，这位是李处，这位是王处……"话音未落，旁边一位领导模样的人站起来说："大家叫我小聂就好了。"

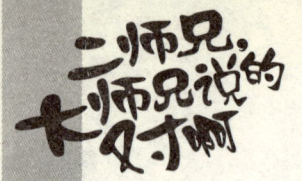

下午走在街上,一只小狗突然冲上来抱住了我的腿。我用求助的目光看着狗的主人。狗主人看了她的狗一眼,突然对小狗说:"妞妞,松开,别这么不自爱。"然后狗听话地离开了我的腿。但我真想让这位大娘解释一下,什么叫做:别……这……么……不……自……爱……

有一次我们宿舍的一个人从网吧下载电影回来看,电影刚开头的是一个房子在水里面的倒影,他说:"咦,难道是我下载下反了?"

一天,一对情侣到一自助火锅店吃饭,吃着吃着,女朋友就说:"宝贝,吃完啦。"男朋友听完二话不说就走到旁边拿了一大碟的丸子回来。

晚上公司开庆功会。突然停电了,又不想停下来,于是买了一大捆蜡烛接着开。开到一半,老板好像想起什么,就问了一句:"今天,有谁过生日吗?"一同事以为有好处拿,赶紧举手:"老板,我过生日,我过生日!"老板说:"好,等一下咱们开完大会,你负责把所有蜡烛给吹灭!"

两HR在筛简历,一个说"实在选不出了,要不我们抓阄决定吧",另一个说"别忙,我来看看这些人的星座再决定",于是我现在对我们公司绝望了。

他打开QQ,看到暗恋了三年的女孩给他发来一条消息:"老公,我需要钱,汇到XXXXXX。"他微微一笑,二话不说给盗号的汇了过去。他为什么微笑?因为盗号的人是看备注叫人的。所以,那个女孩的备注他是老公。

一民工给妻写信:"老婆,老板几个月没发薪,没钱汇给你,汇100个吻吧!"不久妻回信:"吻收到。给娃的校长30个吻,不交费也上学了;给电工30个吻,家里不再经常断电了;给村长30个吻,村里没人敢欺侮咱了;给刘二哥每天一个吻,他经常帮咱种地了。"

爸爸对儿子说,汉字是世界上最富有表现力的文字,每一个字的形成都有它的含义。比如同样是由"女"字旁组成的字,"娘"是指善良的女人,"姥"是指年老的女人,"妈"是指像马一样任劳任怨的女人……不料儿子"哦"了一声说:"爸,我明白了,'姑'是指古怪的女人。"

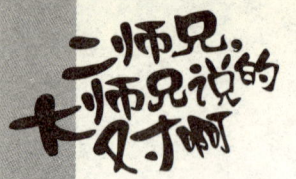

　　单位里一位同事叫袁健,他的老婆怀孕中,某日他和大家讨论宝宝的名字,请大家一起出谋划策。各位同事各抒己见,某同事冒出来一句:"爸爸叫袁健,儿子当然叫复印件啦!"

　　一人经过一面馆,小二忙叫道:"客官吃面哇,本店煎蛋面非常出名,来一碗哇?"答:"煎蛋面,好,下。"

　　小二忙把面下锅,刚刚丢下去又听:"下,下午来吃。"

超级搞笑的职场与人生总结

 现代企业职位新解

总是在裁人,简称总裁;老是板着脸,所以称老板;总想监视人,所以叫总监;经常没道理,就叫经理。

 三清三不清

开啥会不清楚,开会坐哪清楚;谁送礼不清楚,谁没送清楚;谁干得好不清楚,该提拔谁清楚。

 职场之最

最难找的地方——有关部门;

最难捉摸的话——研究研究;

最神秘的机构——组织上;

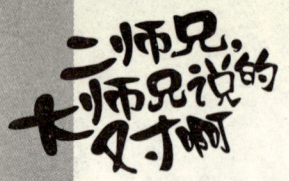

最大的官————一把手；
最难管的东西————一张嘴；
最谦虚的时候————在上级面前；
最冠冕堂皇的语言————工作需要！

做人的难处

有钱吧，说你准变坏；没钱吧，说你真失败；有成就吧，说你会投机；没成就吧，说你没出息；有情人吧，说你真坏；没有情人吧，说你变态！

批评

批评上司，职位难保；批评同级，关系难搞；批评下级，选票减少；批评自己，自寻烦恼。

生活天天乐,钓鱼也欢乐

1.

一人蹲在一个钓鱼人的旁边看钓鱼,过了三个小时,钓鱼人对他说:"你也去准备一些钓具来钓鱼吧。"此人回答:"我没你那么好的耐性。"

2.

一对夫妇到一个湖滨胜地度假,丈夫喜欢破晓时分去钓鱼,妻子则喜欢安静地阅读。一天早晨,丈夫钓了几小时鱼以后,回住所睡觉去了。虽然妻子不熟悉这个湖,但她驾着丈夫钓鱼的船离开了岸。她划了一段水,在湖中抛了锚,又去读她的书。这时一名治安官坐着船来了,他让他的船靠上了女士的船后说道:"早晨好,女士,你在做什么?""读书。"她答道,她想,这不是明摆着吗?"你在限制渔猎区钓鱼。""但是,长官,我没有钓鱼,你不是看到的吗?""可你拥有全部的设备,我必须带你去一趟警察局。""假如你那样干,

我就告你强奸我！"女人厉声喝道。"一位美丽文雅的女士怎么能血口喷人呢？你知道，我没碰你一指头。"治安官抱怨道。"是的，这没错。"女人回答道，"但你拥有全部的设备。"

3.

巡警："此处禁止钓鱼，违者罚款20。" 钓鱼者："我不是在钓鱼，我在教蚯蚓游泳。"巡警："是吗，让我看看。"钓鱼者："你看嘛"。巡警："裸体游泳，罚款50。"

4.

一个酒鬼喝醉了，突发奇想要去冰上钓鱼，他带上工具出发了。很快他就找到了一块很大的冰，坐了下来，开始凿洞。突然他听到一个声音："你在下面不会找到鱼的。"酒鬼四下里看了看，没有人嘛，他又开凿了。那个声音又响了："我已经告诉你了，那下面没有鱼。"酒鬼上上下下张望，还是看不到人，他又埋头苦干起来。第三次声音响起来："我已经警告过你三次了！那里没有鱼！"酒鬼火了："你怎么知道没有鱼？你以为你是上帝吗，跑来警告我？""不，"那个声音回答，"我是这家溜冰场的经理。"

5.

老婆："老公，你记不记得去年十二月时，你说你和老王去钓鲤鱼的这件事？"老公："当然记得，……有事吗？"老婆："今天中午有一条鲤鱼打电话来，说你已经当爸爸了。"

6.

有天，小蚯蚓问蚯蚓妈妈："妈妈，爸爸到哪去了？"蚯蚓妈妈说："爸爸今天和渔夫钓鱼去了。"

7.

一个人看见有个钓鱼的拿着一面镜子站在水里。"请问，你在那里干吗？""在钓鱼。""用镜子钓吗？""不错——这是新发明的一种钓鱼法。""你能把这种方法的原理告诉我吗？""可以，但要付100块钱。"那人好奇心盛，于是如数付款。"方法是这样的。"钓鱼人开始解释，"你把镜子对着水面，一看见有鱼游过就马上用镜子的反光去吓它，待鱼儿吓昏后你就把它捞起来。"那人听了勃然大怒："胡说八道，这样怎么可能钓到鱼，你钓了几条了？""今天你是第5条。"

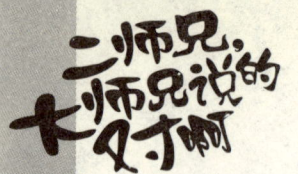

2012最经典搞笑的段子

我大爷家有一妹妹，昨天我去我大爷家吃饭，就我大妈在家，看到桌上有俩手机，一个很好看，就指着那部问我大妈："这谁的手机？"我大妈："你妹的！"我晕，好吧，这亏吃的，我居然又指着另外一部问："那这个呢？"我大妈："你大爷的！"我这顿饭亏可吃大了！

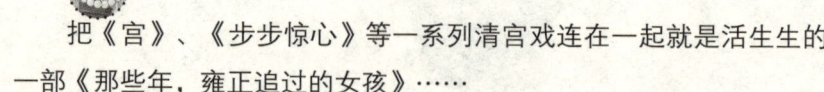

把《宫》、《步步惊心》等一系列清宫戏连在一起就是活生生的一部《那些年，雍正追过的女孩》……

快到情人节了，我去楼下买完东西，老板问我："先生买花吗？""买花干什么啊？""买花送女朋友啊！""哦，买多少花能送个女朋友啊？"然后老板默默地把花收回去了……

我一直想不明白为什么孙悟空能大闹天宫，却常打不过路上的妖怪，还劳观音菩萨太上老君搭救？昨天一网友回贴："大闹天宫时碰到的都是给玉帝打工的，卖力但不玩命；半路碰到的都是自己出来创业的，比较拼命呐！"

世界上两件事情最难：一是把自己的思想装进别人的脑袋，二是把别人的钱装进自己的口袋。前者成功了叫老师，后者成功了叫老板；两者都成功了叫老婆。

邻居家暴，女人被打得哭天喊地，死去活来。妻子欲去劝阻，被丈夫拉回。妻子怒声质问："你个王八蛋见死不救就算了，为什么还不让我去？"丈夫理直气壮地答道："一，别人家务事我们不干涉，二，以后万一我揍你，也不希望别人来干涉。"

北京机场售票口，一老外："你——好，票，to——荷——兰。"……两个小时后，老外一脸茫然地出现在郑州机场。

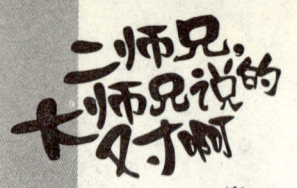

一哥们儿感慨道:"女孩子们呀,以后约会别老让男生付钱,你们不知道父母都是穷养儿富养女啊,我们零花钱哪有你们多啊?都是打肿脸充胖子,请你们吃一顿我们一个月都别想吃肉了……"

某病情咨询网站留言一则。问:"医生,我最近睡不着,心情很抑郁,吃不下饭,我是肿么了?"医生:"你今年多大了?"答:"15岁。"医生:"你寒假作业没做完吧?"

情人节期间,能表白寡人之面者,受上赏;能上情书于寡人者,受中赏;能谤讥于市朝闻寡人之耳者,虽死不足以谢罪!

若金庸小说可以用"飞雪连天射白鹿,笑书神侠倚碧鸳"来概括,那古龙的《情人箭》、《碧玉刀》、《萧十一郎》、《流星蝴蝶剑》、《剑毒梅香》、《血鹦鹉》、《借尸还魂》、《神君别传》、《七种武器》、《圆月弯刀》、《洗剑录》、《菊花的刺》连起来就是"情人玉箫流毒血,借君七圆洗菊花"。

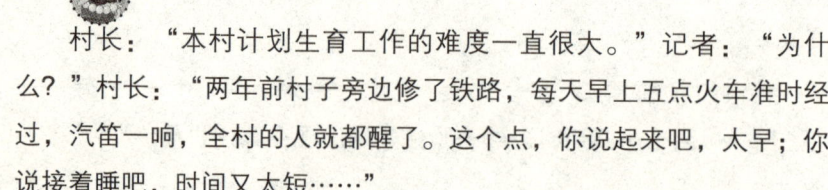

村长:"本村计划生育工作的难度一直很大。"记者:"为什么?"村长:"两年前村子旁边修了铁路,每天早上五点火车准时经过,汽笛一响,全村的人就都醒了。这个点,你说起来吧,太早;你说接着睡吧,时间又太短……"

爸爸："把成绩单拿来看看。"
小强磨蹭半天才把成绩单拿来。
爸爸："地理57，历史58，政治59！上课都在干吗？"
小强："考题太偏太难。"
爸爸："偏在哪里？难在哪里？"
小强："地理考的是我没去过的地方，历史考的是我出生前的事，政治我又没去开过会，怎么会知道？"

不管你学什么专业，找工作一定要找个你喜欢的，这样你每天早晨六点到晚上八点都是高兴的。再找个喜欢的人在一起，这样晚上八点到早晨六点就是开心的，这才是生活……

如今，没结婚的像结婚的一样同居，结婚的像没结婚的一样分居；动物像人一样穿着衣服，人像动物一样露着肉；小孩子像大人一样成熟，大人像小孩子一样幼稚；女人像男人一样爷们儿，男人像女人一样娘们儿；没钱的像有钱的一样装富，有钱的像没钱的一样装穷；情人像夫人一样四处招摇，夫人像情人一样深入简出。

A："我暗恋一个女生。"
B："暗恋好啊！"
A："怎么个好法？"
B："暗恋是所有恋爱中最省钱的。"

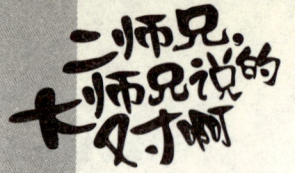

你有没有碰到过这样的情况?

老妈:"快出来吃饭!"

你:"来啦!……"

老妈:"快出来吃饭了呀!"

你:"来了啦!……"

你:"来啦,饭菜呢?"

老妈:"快好了!"

你:"……"

女人总羡慕红太狼有那么爱她的灰太狼,却忘记了灰太狼没抓到羊的这几年,红太狼对他的不离不弃。

这个世界没有十全十美的女人:漂亮的不下厨,下厨的不温柔,温柔的没主见,有主见的没女人味,有女人味的会乱花钱,不会乱花钱的不会打扮,会打扮的不放心,放心的,肯定不能看……所以说,拥有两种以上条件的就是好女人,三种以上,就是极品了,四种以上的女人,对男人来说叫"挑战"。

一位婆婆和邻居说:"我那个媳妇好吃懒做,睡到中午,家事也没做,东西还让我儿子拿到房间给她吃,真是太过分了。"邻居又问她:"你女儿嫁的还不错吧?"婆婆说:"对啊,过得很幸福呢,大

家都对她很好，也不用做家事，假日到处去玩，也可以睡到中午，女婿还会煮东西送到。"

有人问我："分手了那么久还记得你的前一任吗？""怎么说呢？记得显得太花心，不记得，显得太薄情，其实我觉得，那个人就好比我走路撞上了一个电线杆，很痛，以后我走路都会绕着电线杆走，可能很久以后，我都不记得撞得有多痛了，可是，那个电线杆，永远都在。"

据说在1669年，牛顿在剑桥大学升为数学教授。当时学校资金紧张，包括牛顿在内的大部分教职工薪水已欠数月。为解决此问题，牛顿潜心研究创立了微积分，将一门名叫"高等数学"的新科目设为全校的必修课，并规定不及格者来年必须缴费重修直到通过。很快教师们的工资发了下来……

李先生最近头发脱得很厉害，他非常苦恼。
听说附近城里有个专治脱发的医生，李先生立即赶去求医。
医生配合地给李先生几瓶"特效生发水"，并嘱咐他每星期寄一根头发来，以便他检查。

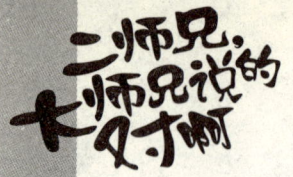

接连三星期，李先生都寄去一根头发。

医生回信都说疗效非常好。

第四个星期，李先生却没有寄去头发。

医生只收到一封信，信上写着："我已无头发可寄。"

一哥们儿有天实在闲得无聊，于是跟其女朋友开玩笑。

说："有个男的给我发信息，说他是你老公。"

其女友脱口而出："怎么可能，他不知道你号码的……"

一位出租车司机开车时看见前面有个疯狂骑着摩托车的人，在其后座上的小孩儿快要被甩出去了。

司机追上那个人说："伙计，你的孩子快要掉下去了。"

此人听后回头一看，惊奇地问："儿子，你妈妈呢？"

056

唐僧师徒四人的笑话大全

1.

唐僧师徒四人到达一大城市，悟空化斋，沙僧收拾行李，八戒遛马。晚上八戒空手而归，唐僧问："白龙马呢？"八戒说："被扣了。"唐僧问："为什么？"八戒说："它放了个屁。"唐僧说："放个屁也不至于被扣啊？"八戒说："它尾气超标了。"

2.

悟空因三打白骨精被唐僧贬回花果山，几个月后猪八戒突然来访，进门就哭。悟空问："队伍到哪儿了？"八戒答："临汾。"悟空又问："可是又遇见妖精？"八戒答："没有。"悟空急："那你哭什么？"八戒更加伤心："大师兄，你快回去吧！师父被人卖到黑砖窑去了，我们都找了仨月了。"

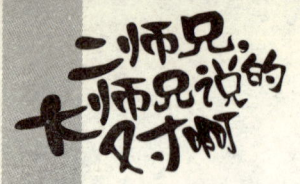

3.

一大群小妖精扛着被捆成粽子的唐僧，兴冲冲走进洞内，高喊："大王！大王！我们终于抓住唐僧了！"老妖精从睡梦中被吵醒，抬头看了一眼，无精打采地说："送回去吧。"小妖精奇怪地问："为什么？"老妖精说："报纸上说唐僧肉里含有致癌物质。"

4.

取经队伍到达贫困地区，几天化不到斋，悟空因为要保护师父，只好让沙僧和八戒去远处城里找吃的。第一天去，都空手回来，因为没有钱。第二天去，还是空手，因为没有钱。悟空大怒："再找不到吃的，就别回来！"第三天傍晚，沙僧高高兴兴地背着一大袋子米回来，还剩了好多钱。悟空大喜，又问："八戒呢？"沙僧顿时伤心地哭道："大师兄，原谅我吧，咱们这么多人，就二师兄能卖到16块钱一斤。"

5.

悟空化缘回来发现师父不见了，沙僧和八戒在地上哭。悟空问："师父呢？"八戒说："丢了。"悟空说："去找呀！"沙僧说："到处找遍了，没有。"悟空又找了一圈，也没有找到。三个人正发愁，忽然悟空问："师父这个月房贷交了吗？"沙僧说："没有。""养路费交了吗？""也没有。"悟空说："都洗洗睡吧，师父跑不了，有银行跟交警看着呢！"

6.

唐僧师徒路过狮驼岭，狮子精抓了唐僧，悟空费尽千辛万苦，终于战败了狮子精。正欲打死，突然文殊菩萨来到，说那是他的坐骑，带着狮子精扬长而去。悟空大骂。八戒劝道："算了吧大师兄，人家是领导的司机，也算公务员呢。"

7.

唐僧师徒到了西天门外，见500罗汉背着行李往外走，忙问何故。众罗汉叹气说："你不知道，再过几天，新《劳动法》就实行了，我们这些临时工都被遣散了。"唐僧问："菩萨们呢？"罗汉说："他们日子也不好过，西天为了规避新《劳动法》，都强迫他们跟XX公司签约了，以后就是第三方公司外派到西天工作的。"

8.

八戒最近几天闷闷不乐，晚上瞅着月亮发呆。悟空知道他的心事，利用双休日到月宫访问了一圈儿，回来后对八戒说："傻兄弟！我去问过了，中国发射的是一颗卫星，还没派人登月呢。一个机器，你吃啥醋啊！"

9.

唐僧取来真经，背着去见李世民。唐僧说："大哥，我回来了。"李世民："哦。"唐僧说："真经我取来了。"李世民说："哦，放那儿吧。"唐僧说："大哥，我费了十几年工夫，辛辛苦苦办了这么件大事儿，你咋还不高兴呢？嫌我差旅费高了？"李世民摘下耳机说："你那些经文，我用迅雷下了一小时就下完了。早知道电脑这么厉害，我当初还让你去干吗呀！"

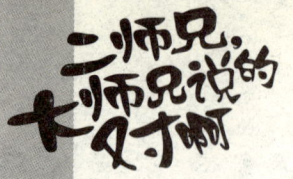

10.

清晨,唐僧从梦中醒来,发现孙悟空跪在自己的床前,于是便问道:"悟空,你怎么了?"孙悟空满脸泪水地说:"师傅,我求您了,下次说梦话,不念紧箍咒,行吗?"

11.

师徒四人将要走的时候,佛祖忽然问道:"你们带PSP了吗?"四人回答:"没带。"佛祖惊讶:"那多无聊呀,你们咋过来的?"

四人相互看看说:"我们一路打怪升级过来的。"

12.

沙僧参加数学考试,监考老师看了他脖子上的珠珠半天,然后说:"别以为你把算盘伪装成这个样子我就不知道了,还想作弊?快摘下来。"

13.

唐僧师徒一行经历九九八十一难终于见到了如来佛求取真经。

如来问:"你们带U盘了吗?"

唐僧师徒:"……"

如来又问:"移动硬盘呢?"

"……"

如来继续问:"iPod也可以哇!"

悟空挖起耳朵来。

如来叹了口气:"那你们就原路回去吧,我用QQ传给你们。"

唐僧:"早知道加你QQ就完了,我们还走那么远干吗?!"

N年后……

唐僧回去以后，加了如来QQ，发现很慢。

如来一个电话："喂，小唐，你铁通56K？"

唐僧："是，去年才装的。"

如来："你还是再来一趟吧。"

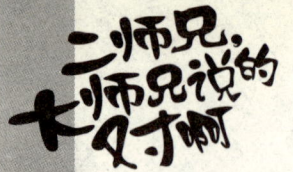

气死老师不偿命的校园笑话

地理课上教过，中国最早盛产煤炭的地方是辽宁省抚顺，产铁最多的地方是辽宁省鞍山，所以抚顺被称为中国的"煤都"，鞍山被称为"铁都"。

某次考试，试卷上：中国的煤都是(黑的)，中国的铁都是(硬的)。
考完，同学还说："老师怎么出那么简单的题目？"

高中时学校规定必须穿校服，有一复读的学生从来都不穿。一日，老师看到此同学没穿校服，问其为什么不穿，此同学大怒，曰："我妈又没死，为什么要穿孝服！"老师气倒。

老师拖堂："最后我还要讲一点……"后排一男生接口大声道：

"强扭的瓜不甜！"全场寂静。老师脸铁青："下课！"

记得初中几何课，数学老师狂怒，拿两个本子砸在讲台上："xx、xxx你们俩的答案怎么是一样的？"只听下面小声道："君子所见略同。"

初中时课间几个同学一起扑蝴蝶，结果一同学玩得太兴奋，上课铃响时，数学老师叫他几遍都没回答。上课5分钟后，此同学跑到门口喊报告，老师生气地说："我就是喊一条狗，它都会摇尾巴啊！"此同学小声地接到："我又没尾巴！"全班爆笑，连老师也忍不住笑了。

上语文课，老师说："其实黄鼠狼是不吃鸡的，那是科学家经过实验得出的。曾经把一只鸡和黄鼠狼关在一起，第二天你们猜怎么了？"同学接道："鸡怀孕了！"

某天连上两节政治课，第一节下了之后没人擦黑板，第二节时政治老师看到，很生气地问："值日生怎么不擦黑板？"这时一个很理直气壮的声音说："谁污染谁治理！"全班大笑。

语文课上读课文，其中有一句：拿出芭蕉扇扇扇。本来停顿应该是拿出芭蕉扇，扇扇。

有位同学直接读成："拿出芭蕉，扇扇扇！"

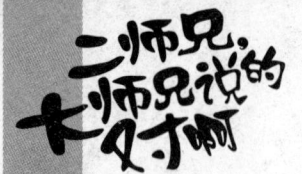

高中的时候，第一次上劳动课，老师是个老头，自我介绍说"我叫吴树山"。我马上接道："西北望长安，可怜无数山。"全班爆笑，老师面色铁青，我被罚干重活。

语文课，老师叫起一昏睡同学回答问题，该同学迷迷糊糊啥也说不出，老师说："你会不会呀？不会也吱一声啊！"该同学："吱。"老师流汗……

音乐课上，老师带大家做音乐接龙，即前一个同学唱一个音调的"拉"，下一个同学要先重复前一个同学的"拉"，再唱出另一个音调的"拉"。有个男生无聊，在每个人的"拉"音后都加个字，什么"拉风"、"拉面"、"拉大便"之类，等到他用非常优美的音色唱出一个"拉"后，音乐老师笑嘻嘻地看着他说："让我们看看你能拉什么。"

我班的一个女孩在后排听随身听，耳朵堵着，所以说话声很大，对她同桌说："老师过来告诉我一声。"几乎所有同学都听到了。老师也不例外，看看那位同学，然后说："我不过去了！"

一次学校开联欢会,我们年逾六十的班主任让大家出节目。同学就起哄:"老师也出个节目,跳个舞。"一男生叫道:"跳个钢管舞!"老师不懂钢管舞的意思,以为要让她跳,忙说:"我老了,不行了,年轻的时候还可以,大家……"

高中时候上地理课,老师在上面报一个地名我们就在下面回答矿产,说了很多地方,老师突然问了一句:"江南产什么?"全班男生齐声回答:"江南产美女!"

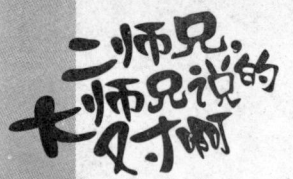

经典好笑的餐饮小笑话

 **浪漫情人餐**

一对恋人到餐馆用餐,两人目不转睛地对看着,竟忘了点菜,最后还是小伙子张了口:"你真甜,我真想吃你一口。""我也想吃你一口。"姑娘说。站在桌旁的服务员咳嗽了一声,问道:"那你们喝点什么呢?"

 **观众席**

一小伙子来到一家餐厅吃东西,坐了很久,看着别的客人吃得津津有味,却不见有侍者来招呼他。他不禁起身前去柜台询问:"请问一下,我是不是坐到观众席了?"

美人效应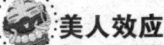

罗马一家自助餐厅的老板想出一个赚小费的妙计。他请来一位非常漂亮的姑娘,坐在柜台边收钱,以便使男客人们神魂颠倒,慷慨解囊。谁知那位姑娘上班后没过几天,就对老板说:"我想,我不如以前漂亮了。"老板忙问:"这是怎么回事呢?""现在,所有的男客人都在柜台边反复地数找给他们的零钱。"

缺腿的龙虾

饭馆里,一个顾客看着自己面前盘子里的一只龙虾,很不满意地嘟哝着:"这只龙虾怎么少了一只前腿?"

餐厅的服务员说:"恐怕是他打架的时候被打掉的。"

顾客摆了摆手:"去,把那只打赢的给我换来。"

搞笑的生活笑话——你就当上错坟了

1.

一个同事患耳疾,到医院看。医生手里拿了一个小灯照着她的耳朵,看了又看,感叹地说:"你的耳朵真好看!"同事心里美滋滋的,说:"长这么大,第一次有人夸我耳朵好看。"

医生听了,说:"哦,我是说你的耳道很直,一眼就能看到底。"

2.

中午吃饭时两个同事不知道什么原因抬起杠来,A对B说:"你跪下给我磕个头就给你100。"

B说:"200就磕!"

A咬牙说:"成交!"

B一脸汗呐!正不知道如何应对,C给B支招说:"磕!放心磕!你就当是上错坟了!"

3.

这天天气好冷哦!几个同学到我家玩,看到我家的冰箱,就打开翻,发现里面还有冰糕,几个人就拿出来边烤火边吃了起来。吃完以后,一个同学大叫:"好冷哦!"

4.

一个妇女走进狱长房间对狱长说:"狱长先生,我想让我丈夫出狱。"

"他是犯了什么罪被关进监狱的?"狱长问。

"偷了一块面包。"

狱长又问:"他算个好丈夫吗?"

"不,先生,"她回答说,"他酗酒,殴打孩子,他没有什么好的地方。"

"那么,你为什么要求他出狱呢?"

她回答说:"我们又没有面包了。"

5.

一位老太太不识字,但喜欢听收音机,气象预报每天必听。一天吃饭时问家人:"我有个问题想问问,你们知道局部地区在什么地方吗?那儿差不多天天有雨。"

幽默讽刺笑话

轻浮之辈

蜘蛛对螃蟹的女朋友虾米说："屁股大有啥用,整天扛着两把老虎钳,一看就知道是个下岗工人。"

虾米说："再怎么样都比你强。一个纺织工,还随时拖着根花花肠子。"

自讨没趣

一天,一条小蛇在河畔玩耍,被乌龟拦住了去路。

"叫爷爷,"乌龟说,"叫爷爷我就让你过去。"

小蛇看了看乌龟的脑袋,光秃秃的。又看了看乌龟的背壳,想:"背驼得这样厉害,肯定比我爸爸老多了……于是就叫乌龟做爷爷。"

第二天,乌龟又把小蛇拦住要他叫爷爷。小蛇就说:"我问过奶奶了,她说只能叫你叔叔,奶奶说怀你的那天晚上,就是因为爷爷喝得酩酊大醉,才使你落下个先天性小儿麻痹症。"

推销员

长脚蚊对大象说:"你早该减肥了,老是这么胖,搞对象都成问题……你看我,自从穿了'魔力'牌紧身衣后,腰变细了,腿变长了,脸蛋变俏了……"

听长脚蚊这么说,大象也买了套"魔力"牌紧身衣。可穿了几个月,除了扣得全身难受之外就只听到肉在嗖嗖地长。他就找蚊子论理。

面对大象的兴师问罪,长脚蚊笑脸盈盈地说:"忘记告诉你了,那东西还要和'靓丽'牌减肥茶搭配使用才有效果。"

相媳妇

乌龟把女孩子金鱼带回家里。

龟妈妈悄悄地对龟爸爸说:"这女孩儿衣服穿得这样碎,这样薄,一看就知道不是个好孩子。"

龟爸爸说:"也是的,一个人没有文化,眼镜戴得再厚还不是白戴?"

包装

动物学院聘请客座教授,眼镜猴和狐狸都在受聘之列。狐狸一看到眼镜猴的样子,心里就发虚。为了装得和眼镜猴一样博学深沉,狐狸就配了副一千多度的近视眼镜。眼镜猴听说之后感叹道:"早知道他想要的话,我就把自己这副送给他了。"

自由恋爱

小蚂蚁当着全家人的面宣布她恋爱的消息:"男朋友就是,伟岸壮实的——大象。"

话音落下,屋里鸦雀无声。过了足足一分钟后,才听到蚁爸爸结结巴巴地说:"乖乖,现在的社会确实是讲究恋爱自由了,可是,再自由,咱也不能连命都不要啊!"

羞辱

孔雀看见野鸡在田里觅食,于是就飞过去,一个劲地抖动着自己华丽的羽毛,想羞辱野鸡。没想到,野鸡不但不生气,反而不屑一顾地斜睨着孔雀的表演。孔雀迷惑不解。只听到野鸡说:"这年头,不脱的话谁还看你啊!"

高寿秘诀

青蛙提着瓶二锅头到乌龟家拜求高寿秘诀。乌龟吹了口水烟袋,不紧不慢地说:"其实呢,也挺简单。无论发生什么事情,先把头缩进去再说。"

甄嬛体

"想如今我的身量儿自然是极好的,修长的身形儿加上标准的细高跟儿,是最好不过的了。我愿再长高些,虽会显高大威猛,倒也不负恩泽。"

"说人话!"

"我想再长高点。"

"方才见淘宝网上一只皮质书包,模样颜色极是俏丽,私心想着若是给你用来,定衬肤色,必是极好的……"

"说人话!"

"妈,我买了只包。"

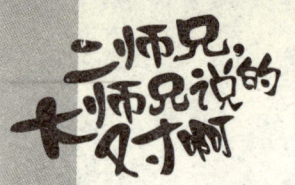

"额娘,你看今日外面天气极好,儿臣想出宫走走,既能冲冲喜气,也能看看京城中百姓生活如何,早日完成儿臣登基之业。不知额娘意下如何?"

"说人话!"

"妈,俺想出去玩。"

"今日天气清爽,本是极好的日子,若能踏踏青,逛逛西苑,便是再好不过了。却偏恼人午觉一睡睡到晚上9点,负了个大好光阴。"

"说人话!"

"劳动节一天假,睡觉睡觉就知道睡觉!"

"看这时辰已然不早,不得不先行一步了,却想明日诸事繁杂,也不知如何是好,要不我们明日相见再议此事如何?"

"说人话!"

"我睡觉了,晚安!"

"这五一的假期真是极好的,虽然没有明媚日光的照耀,凉风习习倒也十分清爽。只可惜欢乐的时光总是消逝得极快的,如果能将这闲适多留住一日,那真是再好不过了。"

"说人话!".

"明天又要上班了!"

"能在假期最后一日闭关念书本是极好的,可惜内容甚多,前记后忘,臣妾为此寝食难安,倍感力不从心。又奈何天公不作美,消极了背书的兴致,因而甚想与君结伴出游,陶冶性情。"

"说人话!"

"老子想出去玩!"

"费先生这本书当真是极好的,通俗的措辞配上细腻的注释,是最好不过的了。嫔妾愿多读几遍,虽眼神迷离,倒也不负恩泽。只可惜内容颇多,嫔妾为此寝食难安,倍感力不从心。又奈何天公不作美,消减了读书的兴致。"

"说人话!"

"老娘看不进去了!"

"咦,你今儿买的蛋糕是极好的,厚重的芝士配上浓郁的慕斯,是最好不过的了。我愿多品几口,虽会体态渐腴,倒也不负恩泽。"

"说人话!"

"蛋糕真好吃,我还要再吃一块……"

淘宝版:"亲,今儿上新的这件衣衫款型是极好的,这苏绣的料子配上简洁的裁剪,是最好不过的了。我愿多买几件,虽会荷包骤然消瘦,倒也不负恩泽。"

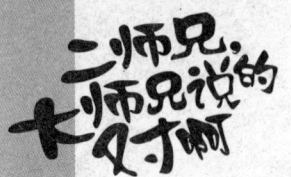

"亲,说白话!"

"衣服真好看,能便宜不?包邮不?"

"方才在精练上看到一道数学题,出法极是诡异,私心想着若是这题让你来做,定可增加公式熟练度,对你的数学必是极好的。"

"说人话!"

"我这道题不会做……"

"方才李指导对高丽人的那一场球,排兵布阵极是诡异,私心想着若是这球换一种踢法,定可增加场面的流畅度,对球员的奖金和观众的观感必是极好的。"

"说人话!"

"换教练!"

"方才发现作业甚多,私心想着兄弟姐妹们应该学会分享,定可促进友谊,对你们的人际关系也是大有裨益的。"

"说人话!"

"作业没做完,谁借我抄一下!"

"偶然间瞧见挚友电脑播放的节目,节目中银白发色清俊男子低眉浅笑,低唱中文版《HUG》;另一黄发俊美男子眼里露出丝丝宠溺,点点尴尬。两人视线相触之间纵是火花,犹如初恋般羞涩。游戏时不顾众人眼光,甚是恩爱,使得整个节目温馨粉红。"

"说人话!"

"允在太不要脸了,这可是在节目里!"

"今儿个气候是极好的。天气微凉,日光甚是明媚又适逢佳节,闭关念书原是最好不过的了,怎奈代码甚是繁厄,况本宫近日又惹小疾,身体欠安,耽搁了毕设大事,为此寝食难安,若能于答辩之日了却此桩心事,我愿多劳心几日,虽会心力交瘁,却也不负导师恩泽……"

"说人话!"

"毕业设计太难,老娘要吐血了!"

"偶然瞧见权儿的相片,那眉眼那鼻梁那挺拔的身姿自然都是极好的,秀色可餐。权儿是真儿真儿地好看,日日瞧着日日欢喜,有朝一日再能见着真人,自然不负君恩!"

"说人话!"

"小权儿长得真带人亲!给跪了!"

二师兄，大师兄说的又对啊

"时辰也不早了，天气预报上折子说，明儿天气炎热，各宫都要吩咐下去，减些衣服，少进些油腻的膳食，免得热伤风感冒，误了上班是小事，把好日子都耗在医院里就不值得了，行了，都跪安吧！"

"说人话！"

"要睡了，晚安！"

"平素来看贴，只觉得乱花迷眼，是真真挑不来，只有紧着那名字新鲜有趣的，抑或是剧情看似狗血的，随手点几个来看。也有那写得新巧的，让人看了就放不下，还常有些世道人心的，看了直叫人唏嘘，最讨厌那些写手，矫情个唬得住人的标题来，却没有什么意思。哄得人进了楼，一看原来是骗回复的——总归是能看的少，不能看的多。今儿见了楼主这个贴子，那是从心里就喜欢了，又有趣，又不俗，最巧的是，偏生我也一早就有这个意思，最爱这样故意拿着说话，只是总找不到地方，今儿我可算是得了。"

"说人话！"

"终于找到组织了。"

"从来有些人,自己开了个贴赚人气,就见不得别人也来沾光取巧。旁人若是吹捧夸赞几句吧,他自是得了意,愈加卖力更新不提,若是有人插楼呢,就好像抢了他的好似的,恨不能大棒子打出去——我见楼主,实在是个水晶心肝纯净的人,自是不会在这小事上计较,何况独乐乐不如众乐乐,我写的虽不能看,好歹能博诸君一笑,想必也是楼主乐见的。眼看楼主已然睡下了,我便来给楼主添砖加瓦,待得明儿一早楼主起了再来看,已建起好高的楼不提,我又也走了——这样一个来,一个走,既不吵闹,又不断了兴致,岂不更好?"

"说人话!"

"我来插个楼。"

"这《甄嬛传》吧,我是没有读过的,但想来古典小说总是一家,他要造出那有古意的对白来,总脱不过《红楼梦》的影子去。我虽然读的书不多,唯独曹公这本读了有十几遍。原先太祖习草书,学的是湖南的怀素和尚,后来也有人照着怀素和尚的字帖练,练出来人都说有太祖的风骨在,便也是这个道理。学曹公固然是学不来,好在本也是玩笑,也不会有人当了真使我见笑。只是华妃说话却是个什么样子,是照着凤姐儿等骂人的腔调来写吗?这个我也能一试。"

"说人话!"

"我没看过《甄嬛传》只看过《红楼梦》……"

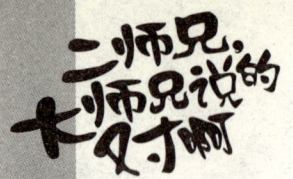

"这光景啊走得也真是飞快,阵阵儿的,怎么就放假了呢?真儿真儿是让人反应不过来呢。不过,有赖皇恩浩荡,不然众亲哪儿有闲暇撒欢儿呢?今儿个看了一台名唤泰坦尼克的戏,真是让人好生难过,像杰克一般的良人真是难觅呢。也只盼着,愿得一心人,白头不相离。"

"说人话!"

"老娘为啥没有男朋友!"

今儿吃的这江南新贡的米磨的细面,配上新鲜的黄瓜丝,味道竟是极好的,只可惜本宫最近身体微恙,无福消受,就留与妹妹享用吧。"

"说人话!"

"老娘胃口不好,剩下半份便宜你了。"

"今儿阳光如此明媚,如果嗜睡,岂不误了大好韶光?况且昨日贴未更完,后宫各位姐妹兄弟如此欢喜,等更之时定是焦急万分,端的不好意思……然更有欢喜的狗儿街头嬉闹,使得本宫真儿真儿想去瞧上两眼……"

"说人话!"

"谁家疯狗大清早打架,把我都吵醒了!"

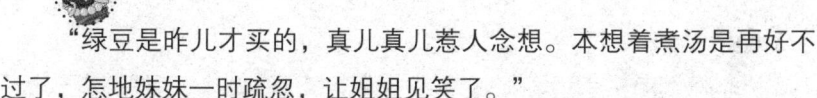

"绿豆是昨儿才买的,真儿真儿惹人念想。本想着煮汤是再好不过了,怎地妹妹一时疏忽,让姐姐见笑了。"

"说人话!"

"绿豆汤煮过火了……"

"咦,你今儿写的方案是极好的,简明扼要配图到位,是最好不过的了。我愿多看两眼,虽会耽误下班,倒也不负恩泽。"

"说人话!"

"方案不错,给我抄一下!"

"早膳用的烧麦,味道是极好的……只是这烧麦内里油脂虽多却看不见一丝肉丁,有些油腻了倒不打紧,实在是辜负了这一元五角的价钱……虽喜爱,但总难免有失落之感,又恐吃多了,误了减肥之大事……"

"说人话!"

"贱人!怎地卖这样贵!本宫要瘦身,你这般是要害死本宫?说,是不是,是不是!"

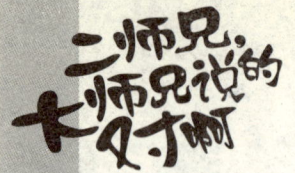

"昨晚上老祖宗请客,那云腿小烧麦赏了我几个,我眼皮子浅,乐得跟什么似的,便多吃了几个,到现在还不好。今儿便不讨姐姐这半碗面吃了。我也知道这是好东西,听说是昨晚老祖宗闹着要吃,被大姑娘说不克化,给哄了下去。要说老祖宗也是,跟个小孩子似的馋东西吃,今儿一早真做了来呢,又说不要,说是那银丝面不入味,瓜又不脆,说是要喂猫,大姑娘也是心疼那猫,只推说猫爱荤腥,也不吃的。却不知到了姐姐这里。素来人们常说姐姐最得老太太疼爱,果然是最贴心的一个——也罢,我也多学着点,好让老祖宗以后多疼我——你来,把这半碗面收拾好了,可是文艺姐姐赏咱们的——"

"说人话!"

"呸,我才不要!"

ERSHIXIONG,DASHIXIONGSHUODEDUA

现今流行的爆笑笑话段子

1.

　　HTC给了谷歌一记耳光:"陈世美!枉我多年任劳任怨,你和三星索爱即便搞到家里我也忍气吞声!如今你一发达就与MOTO那个小妖精成亲,怎么没有狗头铡来收了你!""我们,不会变成他们那样吧?"一旁的诺基亚低声问。"傻瓜,"微软把诺基亚拥入怀中,"要是我们都分了,谁还相信爱情呢?"

2.

　　公司要举办周年庆的会餐,董事长让新上任的经理在会餐前发言,并告诉他发言有两个要求:一要有领导的风度,二要有冲锋陷阵式的口号。经理点点头,答应了。那天会餐前,经理上台发言,只见他高高地举起右手,然后使劲地挥下去,说:"预备,开吃!"

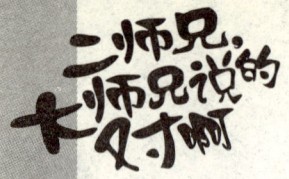

3.

饭店里，一人对服务员说："这汤我没法喝。"服务员说："不好意思，您稍等，我去找经理来。"这人对经理说："这汤我没法喝。"经理说："不好意思，您稍等，我去找厨师来。"这人对厨师说："这汤我没法喝。"厨师问："为什么呢？"这人回答："没给我勺子！"

4.

一美女去买衣服。美女问男老板："请问这件衣服多少钱？"男老板色迷迷地说："我们这里消费不要钱，但是一件衣服需要一个吻。"美女听后，很高兴地挑选了很多件衣服。结账时，美女指了指旁边，对男老板说："我奶奶付款。"

5.

吃饭时，12岁的儿子突然小声问我："爸爸，我想问你一个小问题！""说吧！"我好奇地看着他，心想这小把戏能问啥幼稚问题。"你知道ML是什么意思吗？"……我心一惊："我也不太清楚，可能是一个品牌商标的名字。"他得意地拿出个饮料瓶说："ML就是毫升嘛，爸爸好笨！"

超级有趣的幽默短笑话

甲:"你对父母包办婚姻有何看法?"乙:"反对,但不反对父母包办婚事。"

一天一女友对其男友说:"你要是像爱足球一样爱我就好了。"
男友立即回答:"那不行,我可每星期踢烂一个。"

傍晚,一对初恋青年男女相约去电影院。
姑娘:"你最喜欢看什么影片?"
小伙子:"《姑娘望着我》,你呢?"
姑娘:"《南洋富翁》。"

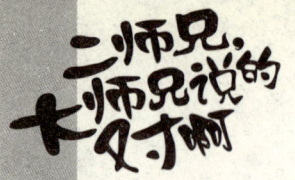

高中的一次女子篮球赛,有一女孩,在己方后场抢到篮板球,起身就往自己栏里投,未果,又抢篮板,又投,仍未果,又抢篮板,又投,中了!裁判和场外所有观众全笑翻在地。

教室的情书:"我喜欢你!我是真心的,这是我写给你的情书!如果你愿意,请回个信给我;如果不愿意,请传给下一位。"

一天各种家禽开大会,鸡、鸭子、鹅、火鸡、乌鸦都来了。这时企鹅从门口经过,看见人多热闹便说:"我也要参加!我也要参加!"看门的小鸡不认识企鹅,把门咣地一关。企鹅在外面伤心地大叫:"我算个鸟!我算个鸟啊!"

企鹅哥哥和企鹅妹妹约会。企鹅哥哥为了给企鹅妹妹一个好印象,专门打扮了一下,穿了一身笔挺的西服。企鹅妹妹看了,照着企鹅哥哥的脸猛扇几耳光:"妈的,让你会员!妈的,让你会员!"

一只企鹅去偷东西,结果被人发现,报警后被police包围了,企鹅灵机一动拿起个黄色的圆盾牌,光明正大地从police面前走过,结果一堆police一拥而上把企鹅抓住打了一顿。企鹅一脸无辜地叫着:"为什么你们看得到我?为什么你们看得到我?我不是隐身了吗?"

职场、生活中的开心冷幽默

1.

今天你拿一张"开户申请表"盖章，找领导签字。领导的眼神小波动了一下，签了。你拿回来定眼一看，写成了："开房申请表。"

2.

你想做点小生意，就进了一些古典风格的筷子，放在同样古典的筷子篓里卖。生意冷清，眼看赔本，你只好改行：拿张布画个八卦，摆好筷子篓……算命。

3.

兄妹两人聊天。
哥："如果人生可以刷新、复制、粘贴就好了！"
妹："你就不害怕蓝屏、死机、非法操作啊。"

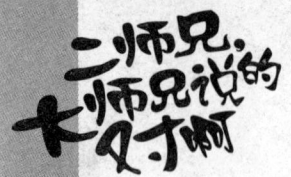

4.

昨天到一家饭店吃饭,在保安的帮助下停好了车。

保安:"吃饭?"

本人:"嗯,吃饭。"

保安:"哦,吃饭不收钱。"

本人:"吃饭不收钱?"

保安:"是的,吃饭不收钱。"

本人:"哦,我记住了。"

5.

顾客进到店里面,服务员耐心又热情地接待顾客,顾客找到满意的衣服后问服务员:"这件?"服务员拿着衣服问里面的老板:"这件衣服多少钱?"

老板在里面看了看,回答:"72。"

服务员又问:"多少?"

老板:"72。"

服务员对顾客说:"42。"

顾客一听,赶紧掏钱买下衣服走了……

据说这种"耳聋"法卖衣服屡试不爽!很有效果,你要当心哦。

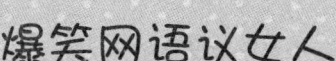 爆笑网语议女人

 女人如衣服
女朋友是风衣：飘忽不定，上下翻飞。
妻子是内衣：贴身又贴心。
小三是外套：外套要外穿，回到家里就得脱。
情人是休闲装：外出娱乐休闲、消遣、放松，就会套上休闲装。
女秘书是西装：笔挺、锃亮，穿在身上，很有面子，有尊严。
郑重提醒：衣服千万别乱穿。

 剩女产生的原因
好男人，嫌丑。帅男人，嫌坏。
不帅，但是好的，嫌穷。
又帅又好的男人，人家也喜欢男人。
又帅又好又正常的男人，人家结婚了。

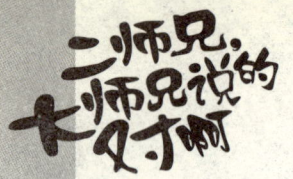

 女人如果评价另一女人为

"美女",那只能说明那人长得很普通。

"大美女",那只是说明她们关系好。

"很可爱",那说明长得难看。

"人很好",说明长得很胖。

"身材好",说明那女人是竹竿。

"没朋友,很孤立",那女人绝对是男人眼中的美女!

"没气质",说明那女人除了漂亮,身材还很好!

标点符号、运算符的幽默对话

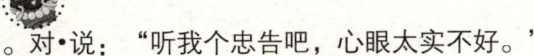。对·说："听我个忠告吧,心眼太实不好。"

,对·说："咱俩同一天播种,你咋还不发芽,不会是假种子吧?"

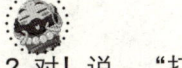？对！说："打点滴没个挂钩不安全。"

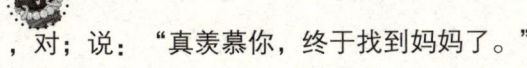,对；说："真羡慕你,终于找到妈妈了。"

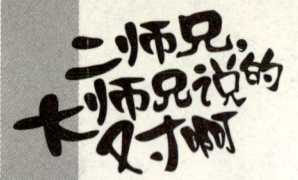

""对''说:"在一块过多好,何必分家呢?"

:对;说:"同样的种子,我的发芽率为0,你的也只有50%,你就等着喝西北风吧。"

……对——说:"你虽然比我横,但没我点子多。"

《》对〈〉说:"经过考试,你俩鞠躬动作完全达到大纲要求,可以结业了。"

()对〈〉说:"同型号的商品,你怎么打折,这是明显的不正当竞争。"

《》对()说:"我这体形是读书多造成的,不像你的体形是吃饱了撑的。"

·对!说:"不就给你贡献一滴血吗?不必为此而感叹。"

、对︱说:"我虽然没你那么圆滑,但你说话时离开了我弄不好会憋死。"

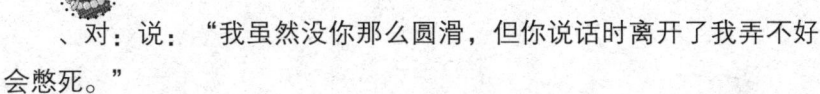

÷对－说:"咱俩虽然都有横的一面,就因我比你多些点子,所以混得比你好。"

－对÷说:"谁不知道你那两个点子都是些孬点子?"

｛对［说:"你这也叫弓呀?我咋看咋像一只还没用过的订书钉。"

［对｛说:"你是弓不假,可你这弓连弦都没有,有什么用呢?"

∽对≌说:"躺着的感觉真好,能像你那样躺在床板上就更好了,告诉我你那是什么床板,怎么两张床板中间没用任何东西连接呢?"

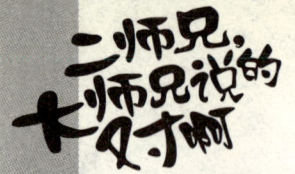

≐对∽说："我这是采用高新技术生产的磁悬浮床板。"

≠对=说："我很纳闷,为啥咱俩的差别那么大呢?怎么才能和你平等呢?"

=对≠说："很简单,你只要不让别人在中间斜插一杠子,咱俩就平等了。"

∵对∴说："我两点在上是有原因的,你两个点在下是什么意思?是不是故意和我作对?"

∴对∵说："你真是知其然不知其所以然,别忘了咱俩谁也离不开谁。"

¥对Y说："跟着我干吧,保准让你发大财,每天都有数不完的人民币。"

Y对¥说："你那两下子谁不知道,全都是靠横发的财,我宁愿要饭也不跟你干。"

$对S说:"看见没有,我就比你多一根筋,就能天天和美元打交道,这就是有钱人和穷人的最大差别。"

S对$说:"没听说现在美元正在贬值吗?有啥可牛的。"

↑对↓说:"你老沉在下面有啥出息,还是向我学习吧,我天天向上。"

↓对↑说:"沉下去说明我工作踏实,有成绩,你虽然天天向上,可地球人都知道,你的成绩都是吹出来的气,是虚的。"

@对a说:"真没想到,自从有了这身特殊的外衣,我身价倍增,可以红遍整个网络世界。"

a对@说:"俺一点儿也不眼红,能在26个英文字母中当老大,俺这辈子已经很满足了。"

春节、春运的幽默小笑话

1.

春运列车运行中,大量旅客需要上厕所,厕所供不应求。

小王费了九牛二虎之力,终于来到厕所门口,前面一位旅客如厕半天不见出来,急坏了小王,"里面的,你能不能快点?""急什么,你以为是流水席啊!"里面传来不快之言。急坏了的小王说:"这比流水席还享受!"

2.

姐:"去年春节开同学会,成双的一桌,光棍的一桌。今年同学会,已婚的一桌,恨嫁的一桌。看这架势,明年就是抱仔的一桌,绝后的一桌了。"

我妈:"想开点儿,我们现在是二婚的一桌,原配的一桌。过几年就剩一桌了。"

3.

小两口新婚刚一年,临近春节要回家过年。男的父母在农村,女的父母在城市。在回谁家过年问题上,小夫妻较起劲来。夫说:"母亲含辛茹苦送我上了大学,现在我成家立业了,第一年要回我家过,让老人家高兴高兴。"妻说:"我是独生女儿,哪年三十都和父母在一起,今年也不能例外。"俩人互不相让。眼看就到春节,夫妻俩开始各自采购年货准备带回家。走时夫指着妻的鼻子说:"你等着,等我回来再说!"妻也不甘示弱回敬说:"你也等着,过节后再跟你算账!"夫妻俩各自出发。结果,夫到了妻家,妻到了夫家。

4.

春运伊始,大批学生客流带着行李返乡过年。在某车站站台放行的人流中,一个大学生正顶着寒风用力推着一个沉重的纸箱子,擦着地面滑跑过来。"悠着点儿,当心冒烟了!"乘警见状,温馨提示道。大学生边推边说:"它没冒烟,我倒冒烟了!"

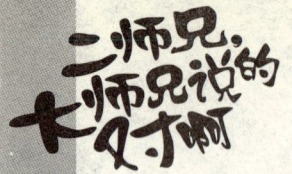

冷幽默——我是清华算术系的

一个人在打高尔夫球，他用力一击，球飞出很远。当他走近球时，发现一女人正要击这个球。他说："你打的是我的球。"

女人："是我的球。"

这个人道："这个球上有我的名字，不信你可以看看。"

女人捡起球看了看，说："你的名字写在我的球上干什么啊？"

警察："先生，请你向这个小管子吹口气。"

司机："不行，我有气喘病。"

警察："那你做一次血检吧。"

司机："不行，我有血友病。"

警察："这样吧，你就在这条直线走一下吧。"

司机："不行，我喝醉了！"

某官员经常参加宴会,一次赠送餐巾一条,时间长了,家里的餐巾泛滥成灾,到处都是。

他的妻子就把这些餐巾拼凑缝成裤头,给他穿。一天,他感冒了,去医院打针,护士令他脱下长裤,刚一脱完,护士就大笑起来。他纳闷,问护士,护士不语。回家脱了一看,上写八个红字:"欢迎品尝,下次再来。"

数年前我与清华师兄遇见一个伪造清华学历女,我们问:"姑娘你哪个系的?"姑娘想了想,说:"算术系!"

一个人来到炸油条摊上对主人说:"哎呀!你这炸油条,一天得用不少油吧?"

摊主说:"是啊,哪有炸油条不用油的。"

"我家祖宗几代都是卖油条的,从来不用油。"

摊主说:"真的,有什么秘诀吗?"

于是就忙请他吃饭,殷勤地招待。

酒足饭饱之后他低声地对主人说:"其实呀,我家几代人都是贩来卖的,根本不用油炸!"

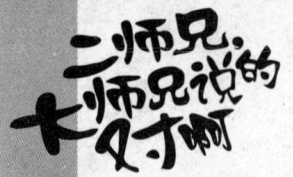

有个邮差,有次到一家送信,一条狗迎面跑来不停地向他狂叫。那家人不在家,隔壁的妇人打开窗子喊道:"想知道怎么把狗赶走吗?""当然想,"邮差说,"我怕它会咬我。"妇人说:"你问它要不要洗澡好了。"邮差对着狗,用最温柔的声音问道:"你想舒舒服服地洗个热水澡吗?"狗停了下来,随即沿着马路跑去。邮差问妇人:"它就那么讨厌洗澡啊?"妇人回答:"才不,它喜欢得很,它是赶回家去洗澡呢!"

表妹开了一家美发店。一天,我到美发店去看她,发现墙壁上到处贴着《市民文明公约》,我粗略地读了读,上面写的是些爱护城市环境、遵守公共交通等方面的内容。我不解地对表妹说:"上面的内容与你这儿不沾边啊,贴这个做什么?""怎么不沾边?"表妹指着说,"你往下看,最后一条可是写着:得理也饶人!"

脾气古怪的老家伙,理发时总是非常挑剔,所有的理发师都受过他的埋怨。有次理发,他坚持要把头发中间分界。

理发师说:"先生,对不起,我办不到。"

顾客怒道:"为什么办不到?"

理发师:"因为您的头发是单数的。"

顾客:"我不信。"

理发师:"不信您数数。"

温馨的居家爆笑笑话

1.

今天一家人总算是团聚了,中午全家人一起在一家饭店吃饭。吃饭时,我跟我爸说:"今年我考了全校第一,给我买个苹果(iPhone4)吧。"谁知奶奶却说:"要买就买一箱,一个一个买不划算……"

2.

女儿是大一新生,有一次在给我的信里谈到我的老本行天文学。信里说:"爸,你总以为从前给我讲解星座时我不用心听,但前几天晚上我和一个普通朋友散步,我把北斗七星和猎户座指给他看了,你知道了一定很开心吧?"我在回信中说:"的确很开心。前几天夜里我和你妈妈散步,也看到了北斗七星。但我们并没有看见猎户座,因为每年这个时候猎户座要到凌晨一点才出现。你那个'普通朋友'是谁?"

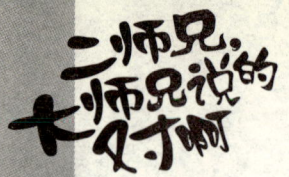

3.

一天晚上,丈夫坐在沙发上看电视,妻子在一边读一本小说。看着看着,她把书一合,转过脸来对丈夫说:"书里老爱用红苹果来形容少女的脸,你看,我的脸像不像红苹果?"丈夫看了她一眼,说:"像……像一个青苹果。"

4.

哥哥躺在海滩上享受日光浴,弟弟在一旁玩得满身满脸都是泥沙。哥哥嘲笑地说:"这就叫'君子坦荡荡,小人脏兮兮'。"

5.

三胞胎的父亲打电话给亲戚报喜讯。接电话的没有听清楚,就问:"再重复一次行吗?"

得意忘形的父亲回答道:"可以是可以的,不过我不想再要了!"

生活用具、食品的幽默表白

米饭对微波炉说:"帅锅,我想我是不可自拔地爱上你了。只要我一扎进你的怀里,便会心跳加速,浑身发热。"

足球对气球说:"经常被人踢来踢去不见得就是一件什么坏事,而时常被人吹得云里雾里的,那就离危险越来越近了。"

油条对麻花说:"亲爱的,你说得太对了。作为女人,要想在娱乐圈里混,身材很重要。比如我,因为长得比你肥硕,身价就比你低了很多。"

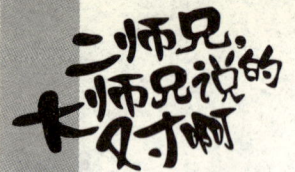

包子对馒头说:"兄弟,在职场里打拼,就应该高调一点儿,尽量让自己与众不同。这样,才会引人注目。就像我一样,给自己烫了一头漂亮的卷发,别人都知道了我肚子里有货。"

冰块对冰箱说:"老公,我真的愿意和你一生一世长相厮守,因为你给了我家的感觉。"

汽车对红绿灯说:"宝贝,你叫我停车我就停,你叫我滚开我就滚,像我这样听话的老公真的不太多了。"

奥迪轿车对迪奥香水说:"我们真是天生的一对、地设的一双。爱用迪奥香水的美女总是不太会拒绝开奥迪的大款,是你让我成了名副其实的'香车'。"

不得不笑的雷人糗事

1.

一次和女朋友出去吃饭，花了95元，结账时发现没带钱包。好在我一哥们儿在附近上班，赶紧给他打电话，然后去找他借钱，把女朋友留在餐厅做人质。结果，我呼哧呼哧地借了100元钱，回来结账的时候，女朋友又点了一杯17元的奶茶。"大姐，您至于这么渴吗？！"

2.

近日，我收到一个朋友寄来的信，信封内有五张彩票，都被刮过了，露出了数字。信上写道："送给你的新年礼物，我给您买了几张彩票……真遗憾，您没中奖。"

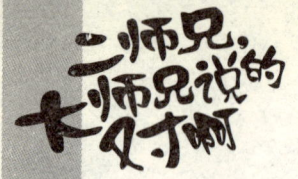

3.

防疫站打疫苗的人很多,他们就请了个兽医过来帮忙,刚好我们认识,他过来为我打针。我说:"哇,你动作很轻柔,我一点都不觉得疼。"他说:"必须轻柔。我的病人可是会咬人的。"

4.

妇人:"我要投诉,你们医院的护士骂人。"

医生:"谁骂你了?"

妇人:"刚才那护士对我说,动了腹部手术,要等排气之后才可以吃饭。我问她什么叫排气,她说:'放屁。'"

5.

学校组织体检,要查大便,提前发了个便盒给学生。

有学生问:"老师,我便秘,拉不出来怎么办?"

老师说:"拿根棒子去弄弄。"

另外一个老师更绝,说:"你准备好便盒,哪天有就哪天接下来,然后搁冰箱里放着,体检那天再带去。"

6.

化学考试,A偷偷地问B:"水的化学式是什么?"

B:"H2O"

结果,A在卷子上写:hijklmo。

7.

今天儿童节，早上我们几个女生在宿舍聊天，一同学发牢骚："你说咱们三八也不休，五四也不休，六一还不休，我们到底算什么啊？"

大家愤愤不平着……

这时，角落里幽幽地传来一句："咱们清明不是休了吗……"

8.

那天闲来无事，往男友怀里钻。

正在看球赛的男友问："你这是干什么呢？"

我说："小鸟依人你不懂啊？"

男友："就你这人高马大的还小鸟依人，鸵鸟还差不多。"

我："……"

9.

一天，妹呆呆地看着我说："姐，我饿了。"我正专心致志地玩电脑，随手把胳膊伸到她面前说："饿了就啃吧。"她更幽怨地看了我几秒，说："我很久不吃这么肥的东西了……"

10.

朋友对她的房东阿姨抱怨道："今天我一定要告诉您，我忍了好久。"阿姨问道："怎么啦？"朋友没好气道："您租给我的房间有蟑螂和老鼠。"阿姨脸色一变说："什么？你……你……你……你怎么能在我的房间里养宠物？"

107

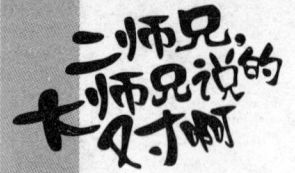

爆笑网络话三国

刘备:"我新弄了个群,名叫桃园,你们两个可要加入?"
张飞、关羽:"我们都听哥哥的。"

张飞将督邮捆绑起来,用皮鞭一阵猛抽。
事后督邮抱着脑袋跑到上级那里告状:"我、我、我遭到了黑客的攻击,一名很黑很黑的黑客。"

孔明:"曹操有汉献帝这项专利,孙权有长江作为防火墙,看来

我们只有开发搜索引擎,先找个地方安顿下来吧。"

众人问王允:"董卓与吕布原本非常兼容,你用了什么手段让他们发生冲突的?"

王允:"我给他们送去了貂蝉V1.0,她与董、吕均能兼容,但却会造成他们之间的版本冲突,嘿嘿!因为我在里面放了些爱虫病毒。"

曹操:"我这水军在这长江操作系统上,稳定性极差,你可有办法?"

庞统:"丞相只需将各船的主板集成到一块,系统就稳定了。"

关羽终于在QQ上与刘备联系上了:"备GG,今天我加你为好友,你怎么发了五次验证,还设了六道密码,我费了好大的劲啊。"

刘备:"一定是曹操从中作梗。"

司马懿率众黑客压境,诸葛亮情知不妙,万般无奈之下命令撤下防火墙,卸掉杀毒软件,关闭反间谍程序,并且公布部分源代码……

司马懿这边众人摩拳擦掌,跃跃欲试,司马懿伸手制止:"慢!诸葛村夫一向谨慎,其中必有诡计,没准里面藏着木马,撤!"

蔡瑁、张允："报丞相，青、徐之兵，不习水战，亟须训练。"
曹操："北人素不习水，先教他们游泳，但要确保安全。"
蔡瑁、张允："这很简单，我们在水里先设渔网，再教他们习水，万一沉溺，立即就可以捞上来。"
曹操："妙计，不愧是网游专家。"

吕布："你们三个都是何人？"
刘、关、张："我们便是著名的桃园三兄弟。"
吕布："我道是谁，原来是三个马屁精，mp3！"

水淹七军。关羽："灌水。"

刘备："我这刘氏2.0还有许多问题，军师你要多费些心了，实在不行你就自行开发新系统。"
孔明："主公放心，我不会开发新系统，但我一定会勤打补丁的。"

诸将："失街亭后，没了防火墙，硬盘上尽是司马病毒了，咋办呢？"
孔明："快，快格式化，连马谡一起格了……"

超萌的小宝宝逗乐你

妈妈:"你怎么对着镜子吃梨?"
女儿:"妈妈,我想吃两个梨!"

妈妈回到家里:"小馋鬼,刚买的点心,你就吃光啦!"
毛毛指指地上的食品袋,含糊不清地说:"那上面不写着'不宜久藏'吗?"

"妈妈,我到底是夜里几点出生的?"
"夜里3点。"
"那么晚了,你还叫醒我?"

妈妈："你算算这道题得数是几？"

儿子："5。"

妈妈："真聪明，这么快就算出来了。给你五分钱去买冰棍。"

儿子："妈妈，你再出一道等于100的吧！"

爸爸新买了条裤子给女儿，谁知刚下一水就缩得穿不下了。

妈妈生气地骂爸爸。女儿却说："妈妈，你给我洗个澡也缩小点不就行了吗！"

爸爸："过来，今天我继续给你辅导作业！"儿子："我不要你辅导，我要妈妈辅导，昨天你把'一顿饭'写成'一吨饭'，同学们都笑话我是'大饭桶'。"

我卖的本来就是水煮牛肉

爸爸:"你年纪轻轻的抽什么烟,还不赶快戒掉。"
儿子:"您都抽了几十年的烟,为何还不戒掉?"
爸爸:"我年纪大了,戒不戒无所谓。"
儿子:"我年纪轻轻的,以后再戒还来得及。"

晚饭后爸爸问儿子:"今天老师留家庭作业了吗?"
儿子答道:"留了。"
爸爸叹了一口气说:"唉,我又得刷盘子了。"

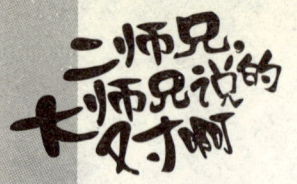

在酒会上,一位女人问邻座的男人:"对面的那个丑八怪是谁?"

"是我的哥哥。"男人回答。

女人说:"不好意思哦,你们长得这么像,我怎么没看出来呢?"

一个年轻人正在努力想向心爱的女孩表白心迹。

"虽然我没有比尔那么富有,虽然我没有比尔所拥有的豪华住宅和汽车,虽然我不能像比尔那样能为你买漂亮的钻石和珍珠,但我爱你。"

女孩说:"比尔结婚了吗?"

坐在我身后抱着小男孩的女人我看着十分面熟,为了和她套套近乎,我讨好道:"嗨!这小家伙和你丈夫长得真像。"这个女人用奇怪的眼神看着我答道:"这是我邻居家的孩子。"

"你得减肥了!"医生劝告病人,"你现在从事什么职业?""在马戏团里吞匕首。""你必须节食,从明天起改吞针吧,而且一天不能超过5根。"

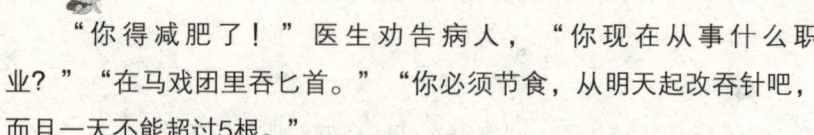

一位胖子找医生求减肥妙药。医生说："你应该多喝茶。""我几乎每天都在喝。""你应该多运动，少睡觉。""我每天只睡三个小时，大部分时间都在运动。"胖子认真地说。医生急了："那么，你每天只吃一片面包，肯定会瘦下来。"胖子高兴地说："太好了！不过，是饭前吃还是饭后吃？"

牧师问教友："当你躺在棺木里，你希望别人说什么？"一人说："我希望别人说我是个顾家的人。"另一人说："我希望别人说我乐于助人。"第三个人说："我希望别人说：'瞧，他好像在动！'"

在火车上，甲旅客的手机不见了。他硬说是坐在旁边的乙旅客偷走了。可是，过了一会儿，甲旅客在自己另一个口袋里找到了那部手机。于是，他很不好意思地向乙旅客道歉。乙旅客冷静地回答道："没有关系，刚才我把你当成一位绅士，而你把我当成一个小偷。看来，我俩都错了。"

甲向乙抱怨说："世界上没有比我的邻居更吝啬的人了！锤子都舍不得借给我用，好像一用就会坏掉。"乙说："后来你怎么办呢？"甲："没办法，我只好拿出自己的锤子来用了！"

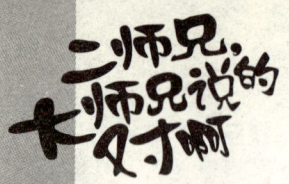

一位美女去菜市场买一公斤猪肉,因为猪肉不够,所以老板从猪脸上割下一小块补了进去。美女见状不答应了,大声地说:"我不要脸!"

一个小伙子向姑娘求婚,姑娘说:"不过,我们相识才三天呐,你了解我吗?"小伙子急忙说:"了解,了解,我早就了解你了。""是吗?""是的,我在银行工作三年了,你父亲有多少存款,我是很清楚的。"

约翰太太买了牛肉回家,发觉牛肉注了水。第二天,她找到卖牛肉的商人理论。商人坦然地说:"我卖的本来就是水牛肉嘛!"

爆笑计算公式

1.

人＝吃饭+睡觉+上班+玩

猪＝吃饭+ 睡觉

代入：人＝猪+上班+玩

即：人－玩＝猪+上班

结论：不懂玩的人＝会上班的猪

2.

男人＝吃饭+睡觉+赚钱

猪＝吃饭+睡觉

代入：男人＝猪+赚钱

即：猪＝男人－赚钱

所以男人不赚钱等于猪。

3.

女人＝吃饭＋睡觉＋花钱

猪＝吃饭＋睡觉

代入：女人＝猪＋花钱

即：女人－花钱＝猪

结论：不花钱的女人都是猪。

综上：

男人为了让女人不变成猪而赚钱！

女人为了让男人不变成猪而花钱！

结论：

男人＋女人

＝(猪＋赚钱)＋(猪＋花钱)

＝两头猪！

生活无处不幽默

某家有一女，同时有两家人前来求亲。

东家郎样子很丑，但家里很富有；西家郎样子很美，但却很贫穷。

父母问女儿愿嫁哪一家，她说："我还拿不定主意。最好是在东家吃，在西家住。"

老张一直在交通部门负责发放营运驾驶执照，退休以后在居委会发挥余热，帮忙办理结婚证。没想到上班没几天，群众意见倒不少。居委会主任向老张了解情况，老张挠着头说："都是咱不好，职业习惯了，有人来办证，我总爱问，是准备搞营运，还是想过过瘾？"

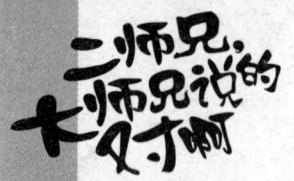

老王："我和太太结婚30年了,上街总是手牵手。"小王："你们的感情真好呀!"老王："我一松手,她就会去买东西。"

一日,某店降价促销女士用品。一大早,一大群女士就排队等着开门,可是有一个男人老向前挤,一次又一次地被女士们推到后面。那男人最后大声喊道："你们要是不让我过去,我就不开门了。"

某加油站为了招揽生意打出一块招牌:凡买汽油者可免费获赠一张当地的地图。一天,有个外地人把车驶进加油站,他加了5元钱的汽油并索要免费地图。服务员说："你要地图做什么?凭你买的那点儿汽油,你去的地方我指给你看就行了。"

让你喷饭的幽默小笑话

玛丽告诉朋友罗斯她要跟网友见面。罗斯很替她担心。

"别为我担心,"玛丽说,"我要求在高尔夫球场见面。"

"为什么约在那里?"罗斯问。

"第一,那里是大庭广众。第二,那里是光天化日。第三,我手里拿着球棒。"玛丽说道。

一位顾客正在一家百货公司购物。他走到一名女营业员面前,问道:"小姐,我想给我弟弟买一份生日礼物,可他什么都不缺,买什么送给他比较合适呢?你有什么好的提议吗?"

那名女营业员提议道:"我的电话号码给他如何?"

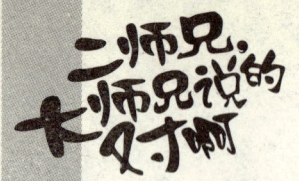

有一家蛋糕店,蛋糕师在为顾客做生日蛋糕的时候,总能把蛋糕与客人的职业联系在一起,配眼镜的生日蛋糕,他会在蛋糕上做一个完美的正在眨眼的眼睛。牙医的生日蛋糕,他会做一个张开嘴巴的蛋糕,里面牙齿和舌头俱全。一天,一个顾客来到店里,看了会儿样品和介绍就要走,蛋糕师叫住了她,礼貌地问道:"您有什么需要我帮忙的吗?"那位女顾客转过身,回答道:"噢,谢谢你,我看不用了。今天是我丈夫的生日,不过,他是一名肛肠科医生。"

一个司机开车在高速公路上疾速行驶撞倒了一个光头的家伙,这时一位美女开车路过,发现哭泣的司机,连忙停车询问。

司机:"我撞死了他,我该怎么办?"

美女笑了笑,回到车中取出一罐气雾剂,对着死者喷了一下,被撞之人竟然站了起来,微笑着向他们挥挥手,潇洒地离开了。

司机喜出望外,他千谢万谢地走向美女:"太谢谢了,您用的是什么神奇的药水?"

美女将那罐神奇的东西递给他看,只见上面写着:"神奇的气雾剂,专治脱发,让脱发者重获新生。"

老妈一直想学钢琴,所以在她生日那天老爸买了一架钢琴送给她。几个星期后,我打电话回家,问老妈的钢琴学得咋样了,老爸说:"我们把钢琴给退了,我劝服她转学竖笛了。"

"为什么?"我问。

老爸说:"因为学竖笛她就不能边吹边唱了。"

儿子："我听说非洲有些国家的男人如今还要到结婚以后才认识他太太,是真的吗?"

父亲："不单是非洲,是全世界。"

小明睡前要爸爸讲笑话,爸爸答应他讲个小蜜蜂的故事。

爸爸："小蜜蜂的故事有两版,你想听长的还是短的?"

小明："嗯,长的吧!"

爸爸："从前有个小蜜蜂在天上飞,嗡嗡嗡……"

小明："好啦!爸爸!讲个短的吧!"

爸爸："从前有个小蜜蜂在天上飞,嗡,啪,撞墙上死了!"

有一天,老师问小明:"小明,你知道8×2是多少吗?"

小明摇了摇头,老师说:"那你回家问你的爸爸妈妈或哥哥叔叔。"

小明回到了家,他跑去问爸爸:"爸爸,8×2是多少?"

正好他爸爸在打麻将,说:"九筒!"

小明去问妈妈:"妈妈,8×2是多少?"

他妈妈正在练歌,唱道:"刘德华……"

小明跑去问哥哥:"哥哥,8×2是多少?"

他哥哥正在洗澡,说:"好爽啊!"

他跑去问叔叔:"叔叔,8×2是多少?"

他叔叔正在和老婆打电话,说:"老婆,我在这等你回来哦。"

第二天,老师问小明:"小明,8×2是多少?"

"9筒!""谁告诉你的?"

"刘德华。"

老师给了小明一巴掌,小明说:"好爽啊!"

老师要小明到后面去站着,小明说:"老婆,我在这等你回来!"

一位推销员疲惫不堪地敲开街角的饮食店,要了杯酒,刚尝了一口,顿时愣住:"怎么,这不是一杯白开水吗?"

"哟,"店主也吃了一惊,"糟糕,我忘记掺酒了。"

一个作家应征入伍,班长问:"你念过小学吗?"

他答:"念过。我还念过中学,而且在大学取得了三个学位,还有……"

班长点点头,高举一块橡皮印在纸上印下了两字:"识字。"

在巴黎街头,一辆行驶的汽车将一个乡下人溅了满身泥。乡下人对着从车里下来的司机大喊大叫。"真不像话!这要是在我们乡下,遇到这种情况,司机会立刻从车上下来,向人家道歉,还要将他接到自己家里,为他洗干净衣服,请他喝香槟酒,并留他过夜。到第二天早晨,还要请他吃早饭,送给他钱,然后才送他上路。"

司机说:"这绝对不可能!"

"这确有其事!"

"这是你的亲身经历?"

"是我老婆经历的。"

客轮经过一个荒岛,远远看见岛上有个穿着兽皮、满面胡须的人,他一面狂叫一面挥手,游客问船长那是谁,船长不耐烦地说:"不知道啊,每年我们的船开过这里,他都要发狂一次!"

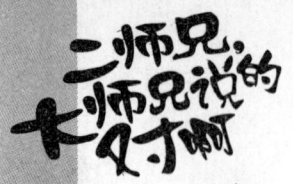

黄昏的时候，我在路上慢跑。有一个年轻人从我后面跑上来，在我耳边急促地叫着："快跑！"

"发生了什么事？"我问身旁的年轻人。

"赶快跑。"年轻人跑到我的前面。

我快速追了五公里以后，气喘吁吁地追问："到底发生了什么事？"

"你跑得太慢了。"

年轻人丢下我，自顾自往前跑去。

一艘军舰航行在海上，在某一个夜晚，一名水手突然发现远方有一点灯光，他立即报告舰长："报告舰长，不远的地方有艘船正驶向我们，若再不改航道，就要撞上了！"

舰长一听，立即呼叫到："呼叫呼叫！我是舰长，请立刻将你们的船，航道向东移10度！"

对方回到："呼叫呼叫！请你们向西移10度！"舰长："我是军舰，你敢叫我移！"

对方立即道："我是灯塔，有种你就撞上试试？"

有一家疯人院。一天，院长想看看有多少人病好了，就让护士在墙上画了扇大门儿。只见一个个病人都疯了一样地往墙上撞。院长很失望，忽然他看见只有一个病人无动于衷。院长很是高兴，忙跑过去问他："难道你不想跟他们出去？"

病人答道："这帮傻帽，我这儿有钥匙！"

说到还价,一个朋友是这么做的。

朋友:"这菜怎么卖,多少钱一斤?"

菜贩:"一块。"

朋友:"八毛!"

菜贩:"九毛!"

朋友:"七毛!"

菜贩:"八毛!"

朋友:"来二斤。"

我们几个朋友在一家小饭店吃饭,席间一个朋友夹起一块肝,对另一个说:"你说,这是肝左叶还是右叶?"

另一个也不含糊,研究了一会儿,肯定地说:"左叶!你看门静脉的分支走行角度比较平直,这是肝左叶的特点。"然后他夹了块肥肠,问:"你说这是哪段肠管?"

前者回答:"这是乙状结肠,脂肪成分不多、黏膜光滑,这家饭店蒙人!用乙状结肠冒充直肠卖给我们,老板!"

老板没过来,旁边桌一个哥们儿脸色苍白地来了:"求求你们,你们这桌我结了,别聊这个了成吗?!"

某山区小村终于通电了!家家户户装上了电灯。张三兴奋地把电闸合上,又把开关打开,可电灯却没亮,正在诧异,其妻忙解释道:"别急,电还没流到咱们家呢!"

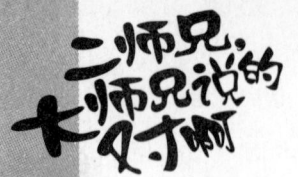

地方要建一游泳池,工作人员动员人们捐款。工作人员对一位老农民说:"你准备为这个游泳池捐点什么呀?"老农民说:"我捐两桶水吧!"

有一外乡青年,去东北某城市出差,向一位当地人打听这儿的可住宿的宾馆有多少,东北人回答说:"贼多,贼多!"吓得这个年轻人连连后退,慌忙离开这里。

小丸子问:"为什么只能说女儿像爸爸,不说爸爸像女儿呢?"爸爸说:"我问你,是先有爸爸还是先有女儿?""当然是先有女儿,后有爸爸。"小丸子理直气壮地说,"在妈妈生了我以后,你才成了爸爸的!"

看别人是怎么把10086的客服搞疯掉的

10086服务台小姐："先生晚上好，请问有什么可以帮你的吗？"

某男："手机没电了，自动关机了，请问现在几点了？"

10086服务台小姐：（晕）"那先生您怎么给我打的。"

某男："我的手机自动关机一样可以拨打电话，只是看不到时间。"

10086服务台小姐：（晕）"先生现在是凌晨2点25分？请问还有什么可以帮你的吗？"

某男："哦！这么晚了你怎么还不睡觉？"

10086服务台小姐：（晕）"对不起先生，这是我的工作，请问你还有什么事吗？"

某男："没事就不可以打电话了吗？"

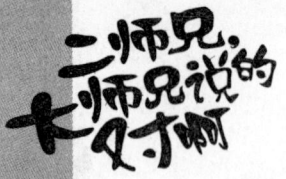

10086服务台小姐:"对不起先生,我不是这个意思。"

某男:"为什么给你们打电话是免费的?为什么给其他人打电话是收费的?"

10086服务台小姐:"先生,这是我们对顾客的一种高质量服务,我们本着顾客是上帝的宗旨,所以打我们客服电话是不需要收费的。"

某男:"那上帝饿了,我把我家地址给你,你来我家给我做点吃的好不好?"

10086服务台小姐:"先生对不起,我们没有这项服务。"

某男:"你们对上帝的服务还挑三拣四吗?"

10086服务台小姐:"先生对不起,我们只对客户提出的业务方面问题做解答。请问现在还有什么问题吗?"

某男:"我不是不讲理的人。这样你回答我3个问题,回答正确我就不纠缠你了。"

10086服务台小姐:(吐血)"请您讲。"

某男:"第一,万里长征一共走了多少里。"

10086服务台小姐:"2万5千里吧。"

某男:"第二,参加人数多少人?"

10086服务台小姐:"8万6千人吧。"

某男:"还懂点历史,最后一个问题,他们都叫什么名字?"

10086服务台小姐:"……"

某男:"拒绝回答上帝的问题,我会投诉你的。"

10086服务台小姐:"对不起先生,我真的不知道。"

某男:"这么简单的问题都回答不上来,你对工作的态度很不认真,而且还有抵触情绪。"

10086服务台小姐:(哭)"这……这……这个简单吗?这样吧

先生，我也给你出3个问题，不知道有兴趣回答下吗？"

某男："说来听听。"

10086服务台小姐："2008年奥运会是在什么地方举行的！"

某男："北京，下一个问题。"

10086服务台小姐："那请问先生开幕式是几月几号？"

某男："8月8号。如果下一个问题你敢问我开幕式时看台上所有人的姓名，我还会投诉你。"

10086服务台小姐：（狂哭）"先生把你的地址给我吧，我去给你做饭……"

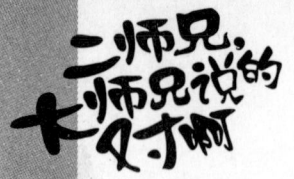

8个现代生活中的男女幽默

1.
一天，在上班路上，我看到前面的一中年男人和迎面而来的另一中年男人嘴对嘴"接吻"，两人还特陶醉地一个头摆左一个头摆右！当时心想这也太光天化日了吧。等走到前面看到的是……"大叔，你俩点香烟也不必各叼着嘴对嘴吧！"

2.
小时候看电视，两人kiss，我便问奶奶："奶奶，他们做什么呢？"奶奶语重心长地说："娃啊，千万别学他们，那是旧社会的，人吃人。"

3.

中学时，一群同学在讨论什么是世界上最NB的事情。有的人说是发现新大陆，有的人说是发明计算机，还有的人说是统一世界，向太空移民……问到小明时，小明淡淡地说了一句："当然是修改自然法则了。"众人瞬间无语……

4.

一天下午去学校，中午没睡好所以到了学校还是昏沉沉的，结果上楼梯的时候滚下来了，滚着滚着也不知道滚到了几楼，好不容易停下来了我才爬起来，看见旁边一MM做惊恐状，我本来想问问她这是几楼，脱口就说："这是哪儿啊？"MM说："地球……"

5.

宿舍有一帅哥，前天陪他去食堂吃饭，打饭的时候就看见有一桌坐着的四个女生在对着我们叽叽喳喳的。打完饭后，我和帅哥刚坐下，那边就过来一个女生（长得相当漂亮），只见她走到帅哥面前说："同学你好，我们老师布置了我们一道作业，让我们向5个陌生人要电话号码，你能帮我们一下吗？"帅哥人比较老实，就给了她手机号，女孩得了手机号就很兴奋地走了。我在旁边看得目瞪口呆，自卑之情油然而生，要5个人的号码干吗不再向我要？

6.

某人擅用笔记本电脑，听朋友说滑鼠比轨迹球好用，就向朋友借了一只回家试。因不得要领，电其友人："滑鼠比轨迹球难用，滑了半天，才动一点，而且按键在背面，非常不方便……"

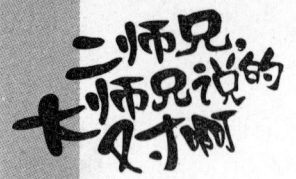

7.

晚自习下课,我去存车处取车,存车处有点大,是块空地,又是晚上,很不好找车,看远处一同学走来,在我前面一排找到了车,拿出钥匙开锁,当我开完锁要走时,她锁还没打开,嘴里还骂骂咧咧,只见得一位学长站在她旁边看了老久,关切地问道:"打不开吧?"那同学头也没抬,"嗯,是啊。"那学长礼貌地回句:"那就好,这是我的车。"

8.

今天去学校超市买东西。收银的时候不是要刷条形码的吗,然后会有"嘀"的一声。我买的一只卤蛋怎么也刷不出来,当时脑袋里也不知道在想什么,就幽幽地冒出来一句:"嘀!"全场石化!

三伏天消暑极品——巨冷的冷幽默

有位富豪与他的朋友欲乘坐自己的私人小飞机出外兜风,出发前富豪对他的朋友说:"这架飞机是双引擎飞机,刚刚我检查了一下,有一个引擎有点问题,可能飞到一半会停住,不过没关系,这种小飞机比较轻,剩下一个引擎动力还是够的,仍然可以安全归来。"朋友点头表示了解。出发后没多久,果然一个引擎停掉了,富豪脸露忧虑,他的朋友安慰他说:"没关系,这不是在你的预料之中吗?我们还是可以安全归航的。"富豪却说:"哎呀,可是坏掉的并不是我说的那一个。"

卫生部门的一位女记者到一所精神病院里参观,前来陪同的院长告诉他,这里有些病人很危险,但管理得很好。参观快要结束时,在

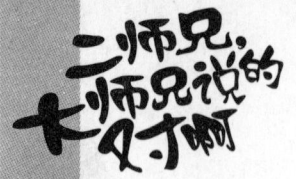

病房外边的走廊里,有一个女人迎面走过来。女记者发现她的眼睛里露出一股凶光,便连忙退到一边,还好,那个女人只是狠狠地瞪了院长一眼就过去了,什么事情也没发生。等她走远了,女记者才转过脸来批评院长:"看来你们这里的管理还需要加强。"院长一个劲地点头。事后,有人告诉那位女记者,那个女人并不是这里的精神病人,而是院长的妻子。

一个人来到马场。"场主先生,能不能以优惠的价格租给我们一匹马?我们打算明天早晨去郊游。""当然可以啦,你喜欢什么样的马?是驯顺的还是倔强的,还是跑得快的呢?""我们希望要长的。""长的?""是啊,我们一共8个人呢!"

蛤蜊得意洋洋地说:"还在住别人的房啊,我可是住自己的房。"寄居蟹拿出计算器按了几下给蛤蜊看:"这年头租房可比买房划算哦!"蛤蜊道:"还是自己有房比较有面子!"寄居蟹不屑地说:"有面子有什么用,还是要实惠!"狮子走过来说:"我们全家住几十平方公里都很低调,两个住小户型的,有什么好争的。"

信徒:"万能的上帝啊,一万年对您来说是多长呢?"上帝:"我眨一下眼的工夫。"信徒:"那么10亿元钱呢?"上帝:"不过是我的一根头发而已。"信徒:"哦,慈悲的上帝啊,那就请您给我一根头发吧。"上帝:"没问题,等我眨一下眼之后给你。"

一天，一个律师、一个建筑师和一个医生在咖啡厅里聊天。他们都带了一条狗，就说要比一比谁的狗聪明。医生的狗先来，他的狗跑出门外，一会叼了一堆骨头回来了，并在地上摆了一副人体骨骼造型。医生说："我的狗聪明吧！"于是给了那只狗一块饼干。接下来是建筑师的狗，他的狗叼来了一些树枝，摆了一个大楼的模型。建筑师说："还是我的狗聪明吧！"他也给了自己的狗一块饼干。轮到律师的狗了，只见他的狗对另外两只狗叫了几声，另外两只狗就乖乖地把饼干给了它。

球员要转会，转会前要进行文化考试。教练事先向主考官打招呼说："我们的球员文化是差点儿，题目别太难了。"主考官答应了。考试时，主考官看了球员一会儿，问道："你说七乘七得多少？"球员思考了一会儿，说："我想是四十九。"考官尚未说话，教练站了起来，恳切地说："考官，请你再给他一次机会。"

小王开车在十字路口与另一汽车相撞，自己的车没怎么样，却把别人的车撞得不轻，小王赶紧说："对不起，这是我的失误，请打电话把你的修理费告诉我，我赔你钱。"说完上车要走。被撞司机："你的电话号码是多少？"小王："在电话簿里。""你的姓名呢？"司机大喊着。小王头也没回："也在电话簿里。"

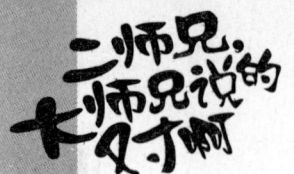

超级伤自尊系列笑话

今天吃完饭,在校园里找了个长椅打了个盹,醒来居然发现饭盆里放了几毛钱。

上次帮一个同学抬电脑,在北门租了个板车,然后从南门骑回来,在图书馆附近,一中年人快速骑车赶上我,然后问:"你收什么样的破烂?"把我郁闷得不行……

有一次在双安商场前,把书包挎在胸前等同学,一个人停完车后对我说,我是商场的,然后扬长而去……

我们做毕业设计的时候,对门实验室有个师兄带着我们年级三个男生去加工电路板。就在学校西南门附近的科仪厂,拿着个破破的编织袋就去了,那时候附近小区正在建设,那天还赶上沙尘暴,把师兄弟几个吹得灰头土脸。到了科仪厂大门口,被门卫拦住,他们说是来加工的。那门卫说:"你们几个过来一个会写字的,填会客单!"

那天刚搬到新校区,出去买盒饭,帮大家一起买的,一共7份,在进宿舍区大门的时候,两个MM看见我,然后其中一个对另外一个说:"不是说不能给送外卖的吗?"

我那天看见我们学校的一个熟人在摆摊找家教,正想过去打个招呼,他旁边的MM迎上前来,"叔叔,想给你孩子请家教啊?"我狂晕!

毕业前夕,陪一哥们儿到人才市场应聘,看到一师范学院的招聘已经结束,所以我坐到他们的招聘台歇脚,过来一漂亮妹妹问:"老师,你们招什么专业的呀?"当时我就呆了,要知道我也是毕业生啊!

有一次和一个同学走在马路上,我们两个都是男的,有一个人过来问我们:"两位要情侣表吗?28元一对。"我们就这么像同志吗?

以前留长发的时候,去同学家里玩,被其母亲夸奖:"这个姑娘长得真高啊!"有一次去厕所,进去之后看见一个长发男子,我俩都是一惊:大概都以为自己进错厕所了……

搬进新家后,有次买了很多东西回家,在门口碰上邻居,他很同情地问我:"拿着那么多东西怎么挤车回来的?"K,我看起来像坐不起出租车的吗?我告诉他我是自己开车的,他又大叹做出租车司机很苦,腰都不好。K,我看起来像腰不好的吗?我告诉他我不是出租车司机,他恍然大悟:"哦,你原来是给单位领导开车的司机!"懒得说了,就让了。可居然某天他在大早上敲我门,让我送他一段,因为基本顺路,本想算了,他居然还说:"反正是公家的油。"

我上班喜欢斜挎个黑包,而且打扮得比较随便,头发一般比较乱点。结果早上上班进入写字楼的时候,老有人问我:"你们快递公司的电话是多少?"

朋友的同事去上海办事,到电信局局长家里,问局长在不在,保姆用上海话喊道:"局长,有两个乡下人来找你。"哪知道那同事听得懂上海话,便无奈地说:"我们是从北京来的。"结果保姆又喊:"局长,有两个从北京来的乡下人找你。"昏死!那两个家伙月薪1万多。

在一个夏天的傍晚,我们哥几个遛弯儿,路过一施工工地,有个穿着很烂的白背心儿、趿拉板儿拖鞋的兄弟走慢了,一人落在了后面,这时一位好心的民工走过去拍了拍他的肩膀,说:"喂,开饭了……"

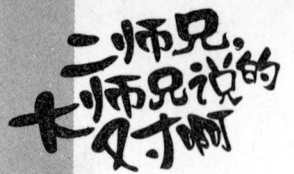

小时候想不明白的事情

 小孩子比大人怕烫得多，偶觉得烫得不敢摸的东东，妈妈总是很轻易地拿起来。

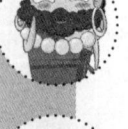 屋子里面打伞据说不长个，偶就从来不敢在屋子里把伞打开。

医院里到处是病菌，病菌是一张嘴就会飞到肚子里的，所以偶每回进了医院就老实了，一句话都不说，生怕病菌会飞进肚子里。

 为什么我总是看不出来名画家的画到底好在什么地方？

偶小时候认为美国一定很美,而且有很多美人,要不为什么叫美国? 为此和小朋友吵架,因为他说英国才是最美的,因为英俊、英明等词都是好词。然后被老师罚站一下午,因为当时正在操场开大会,偶们俩的声音后来整个操场都能听见。老师让偶们必须认识到:"崇洋媚外是可耻的。"这句话偶记得好清楚……

小孩子是从妈妈的肚脐眼里还是胳肢窝里钻出来的? 小时候偶妈也说过偶是垃圾堆旁边捡来的。偶就经常旁敲侧击地问偶姐姐,可气啊,她居然也这么说。这个问题迷惑了我很多年,后来我妈再说我是亲生的我都不信了,最后倒是我妈她先急了!

为什么课本上的科学家都是外国人,中国不出科学家吗?

为什么陈景润要证明1+1=2,还费了半天劲?

他真可怜,刚被偶打了一顿,回家又被他爸打。

很小的时候,每当妹妹哭闹个不停,偶妈就吓唬她:"再哭等一会儿收破烂的来就把你卖了!"此招每次都能奏效,可为什么收破烂的肯花钱买这么不听话的小孩呢?

143

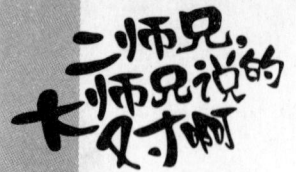

小时候常听到失眠这个词，总理解为湿眠，也就是尿床的意思。

小时候想不通既然地球会转，为什么房子能呆在原地不动。据说地球是圆的，那地球那一头的人岂不是要头朝下脚朝上了吗？

小的时候生活条件不好，很爱吃松花蛋，也就是皮蛋，当头一次听说松花江的时候，羡慕得不得了，一心向往着飘满松花蛋的江面……真馋死了。

很小的时候就翻出家里被老鼠咬出不少洞的《水浒传》看，不懂古文，对"大败"一词难以理解，每次梁山好汉都大败官军，都大败了，可却明明是打了胜仗？而为什么"大胜"也是打胜仗的意思呢？这让我对大败这个词很困惑，遇见很多次后只好自己给自己解释英雄好汉任何情况下总是不会输的。

小时候特强壮，没有得过病住过院什么的，后来偶表姐住院开刀，偶看到打过麻药的她耷拉个脑袋，羡慕地说："生病真幸福啊，偶连医院都没住过……连表姐都住了哪。"偶妈妈当时就给偶一个耳光……

12个好玩又怕怕的鬼故事

故事1　粗心

一人夜行无处投宿,幸遇久荒茅舍,启门问:"有人否?"
内一鬼应曰:"无人!"
人点头道:"无人尚好,我可自便!"遂入内就寝。

故事2　蝙蝠

一蝙蝠死,入阴间听判。鬼判凝视蝙蝠半晌无语,忽道:"按常理应遵六道轮回,怎奈此物非禽非兽,实不好判,不如重新投胎做蝙蝠吧!"

故事3　茅厕神

几人请笔仙,中途忽闻异味,以为着道,甚恐,笔仙却慰之曰:"勿惊勿怪,我乃茅厕之神。"

故事4 有衣无衣

二人论鬼。一人说人死变鬼，衣服不能变，故鬼无衣。另一个说有。二人争到面红耳赤，决定去阴气重地寻鬼，功夫不负有心人，终于在一处潮湿废墟发现赤身鬼魂若干，无衣论者得意洋洋道："果然如我所说！"旁经过一老者闻听哑然失笑："此地以前是澡堂子，常有赤身鬼客来重温。"

故事5 失职

鬼判查一新鬼案底，奇道："你阳寿未尽，怎被勾？"新鬼大冤："牛头马面本欲勾个醉鬼，怎奈沉醉叫不起，恰我路过，拿来充数！"

故事6 鬼城管

一人烧纸，初火势尚佳，火星如散金飞雨，似群鬼顺序领钱。未几，旋风四起，风流大乱，间杂恶语怪音，人奇道："不好好的，怎么乱抢起来？"鬼答："阴司的城管来了！"

故事7 文牍主义

阎王发觉阳间数十年内人寿渐长，认为牛头马面勾魂不力，欲责之，牛头马面冤道："阎王在上，往年勾魂，鬼判批个条子我们哥们儿就去做了。现如今阴司衙门不断扩充，要发个勾魂文牒，从拟文到签批校对印发，最后交我们手，少说也要走上十几个衙门，转个一年两年算快的，三年五年发不下来也是常事，阳间人等怎能不长寿？"

故事8 少见多怪

一人夜行，坟岗遇二飘荡野鬼，乃大呼小叫。鬼斥之曰："嚷什么，饭后遛弯而已，少见多怪！"

故事9　色鬼

某村色鬼暴亡，葬后十日坟塌。村人深以为怪，重掘开发现，墓穴已空，尸体竟挖塌土墙，钻入相邻一少妇墓穴内与之相拥而卧。

故事10　孟婆汤

一人死，因情愫不愿忘前生，接孟婆汤未喝，过奈何桥遇鬼判检查，问："喝了汤没？"人谎称："喝了！"鬼判冷笑："这倒记得清楚，回去重喝！"

故事11　犟嘴

老张死了。

老张生前特喜欢犟嘴，不管有理没理，也不论应不应该，什么话题都搀和，什么事儿都非要争个口舌的上风，且不得胜决不收兵。在单位不论大家日常评论点什么，他都要参与，都要争辩、犟嘴，人家说他抓了屎橛子给麻花都不换。这人还自鸣得意，以为争辩本事高超。这人耳朵还特灵，你隔三间屋子放个屁他都能听见，也想找来理论一番。

一天两天成，时间长了，大家都不愿意在他面前讨论事情，有时候实在躲不开，被他半路插了进来，你就看吧，一会走一个，一会没一个，最后一圈子人肯定走个精光，老张还不依不饶，非要拉个垫背的继续辩论。

不过，他还是死了，死于急症。老张家给他在公墓买了块好位置。送葬那天，同事们都去了。大家不知怎的，心里多少都有点幸灾乐祸，脸上虽不敢表现出来，但彼此心照不宣。遗体下葬后轮到大伙鞠躬默哀，几个小青年在后面捅捅咕咕的，一面装模作样地默哀，一

面悄声研究起为送葬穿的黑色外套来。

一个人说他穿的是澳洲料子,另一个死活不同意,第三个人说顶多是内蒙的羊毛。这时坟墓里突然传来一个声音:"切!你们都不懂行!这是新西兰的羊!"

故事12 等鬼

山上坟地闹鬼,十里八村的人都不敢打那儿过。

前庄有个侯大胆,特不信邪,非要在那儿守一晚看个究竟。有好事的吵儿八火都跟了去,可毕竟不是看一般热闹,半路就稀稀拉拉走掉不少,最后到了坟地的不过五六个。

天色完全黑了,坟地越来越阴森恐怖,剩下的人几乎跑了个精光,只剩下个外庄人跟侯大胆一起守夜。

整个晚上毫无动静,眼瞅天色泛蓝,远远的已有鸡叫声。侯大胆伸了个懒腰抱怨道:"什么闹鬼呀!啥也没有,害得我守了一夜!"那人应了一句:"嗯哪!我都守了一百多年了,愣是没见过鬼!"

经典糗事笑话

我想了半天也没明白贝克汉姆在北京奥运会闭幕式上开球的含义,到现在我终于明白了,他的意思是说:"中国奥运办得这么好,我们还开个球啊!"

大学的时候,大家忙着考四级,对门宿舍一哥们儿第一次考四级,301,第二次302,第三次303,我们给他算了一算,这哥们儿还得60多年才能过四级啊,就在我们期待着他再考一个304的时候,这哥们儿考了一个314,我们都去给他庆祝,说:"NB啊,你这半年就完成了5年的任务啊!"这哥们儿直接崩溃了……

一朋友去逛家电卖场,看到地上摆着一个家用体重秤,此友体胖,见到秤就想去试试。于是马上踏了上去,"嘎嘣"一声,事后证明,那是一个电磁炉。

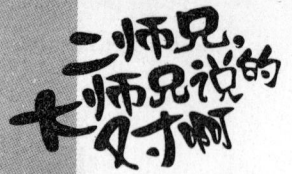

昨天和老爸还有他一哥们儿喝酒，酒过三巡，老爸和他哥们儿聊得兴起，突然发现没烟了。然后，转过头对我说："兄弟去给爸买盒烟。"

前天去医院做检查，看见一个小孩打针，其实也不小了，十多岁吧。他很害怕打针，这孩子哇一声哭了，边哭边喊疼。他妈怒了："还没打呢你哭什么？"小孩说："哦，还没打啊？"就不哭了……

说起字，大家应该都听说过岳母刺字，我考考你，岳母刺的是什么字？

四个字，精忠报国！

错，岳母赐字赐的应该是七个字：对我女儿好一点！

我这有封观众来信，有一段很有趣，给大家念念："现在有的女孩开车简直太不像话了。上个礼拜我开车赶时间上班，看见一个女的一边开车一边用后视镜涂口红，更没想到的是，她突然强行超车斜切入我的车道，我大吃一惊，结果害得我电动剃须刀掉到杯子里，咖啡溅了一身。"

某饭店最近有一种新吃法被紧急叫停——具体方法就是让沐浴干净的美女躺在桌子上,身上放满食物以供消费者享用,据说饭馆里还贴了这么一条规定——吃饭就吃饭,谁也不许拍桌子。新吃法推出后,饭店对外招聘,听说有好几位男士也来应聘,问饭馆需不需要餐具清洗员。照我看,其中只有一位比较有竞争优势,因为他在简历上写着——自己有三年澡堂搓背经验。

再见面时,她牵着一个三岁左右的孩子。而他的胳膊上却挽着一个年轻漂亮的女孩。

"你,过得好吗?"他先开口。

"嗯,还好,你呢?"

"我,也还好。"男人笑道,伸手摸了摸孩子的头。

女孩也大方地和她握手。

各道一声珍重……只是在各自回家的路上,那孩子和女孩分别问道:"小姨,那男人是谁啊?"

"表哥,那女人是谁啊?"

丈夫打电话回家,对妻子说:"亲爱的,我要跟老板和几个朋友一起外出钓鱼,我们会在那儿呆上一周。你不是一直盼着我升职吗?这可是个很好的机会。你帮我收拾收拾,准备一周的衣服,把我的钓杆和钓具箱拿出来。对了,还有那套新的蓝色丝绸睡衣,别忘了也放进去。"虽然觉得丈夫的话听起来有些可疑,但作为一个好妻子,她还是照着嘱咐做了。过了一周,丈夫回来了,看起来一切都好,就是

有点疲惫。妻子高兴地迎他回来,问他是否钓了很多鱼。

他说:"是啊,钓了好多白斑,一些蓝鳃,还有几条梭子鱼。但是我那套睡衣,你怎么没按我说的放进行李箱?"

妻子回答:"我放了呀,在你的钓具箱里。"

参加完杨老师的葬礼后,我们几个小学同学聚到一家小酒馆里喝闷酒。

为了打破沉闷的气氛,我们又拿小羽开起玩笑来:"小学时他整天跟在杨老师屁股后面打小报告,同学都烦死他了。"

平时一贯沉默忍受我们嘲讽的小羽今天却开了口:"你们知道我为什么要那样做吗?我只是想和老师单独多说几句话。"

生活中的小幽默

1.

教授叫一学生说出10项公民权利，该生没作答，遂让他列出5项，学生仍不出声，无奈教授只要他答出一项，该生答："我有权保持沉默。"

2.

有一胖妇和老公去海边，她躺在沙滩上，伸展四肢，享受着阳光和海风。

这时老公走过来对她说："你躺着像个大字，不太好看，注意点形象。"

她看看周围满不在乎地说："你看，那个女的还不是这样躺着。"

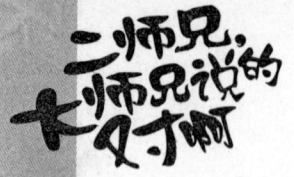

老公看了看叹了口气说："哎，仿宋和黑体还是有区别的啊。"

3.

某小学附近有一卖烤红薯的。有一次，一个小学生因为作业忘了给家长签字，来找烤红薯的摊主帮忙签字，摊主答应了。其他学生知道了，也来找他帮忙签字，签完字后学生们都买个烤红薯表示感谢。知道这事的学生越来越多，有一天竟有七八个学生排着队找他帮忙签字，一作家路过看见此景感叹道："现在连卖烤红薯的都搞起签售了啊。"

4.

丈母娘考验仨女婿。先邀大女婿散步，过桥时突然跳下，大女婿跳水救起，丈母娘赠他广本车一辆。丈母娘又如法炮制，考验二女婿，也被救，受伤的二女婿获赠辆奥迪。她再试三女婿，三女婿不会游泳搭救不及，丈母娘溺水而亡。翌日，岳父赠他一辆奔驰！

5.

阿强对朋友说："我想离婚，我的太太已经有两个月没和我说半句话了。"

"你得考虑清楚啊！"朋友劝他，"现在这种老婆已经很难找了。"

幽默笑话，糗事合集

中学的时候，一次作业做得不好，作业本上老师给我批了两个字：重做。第二天早上我去买早点了，就把作业本给同桌叫他帮我交，最经典的地方出现了，他老人家在重做后面写了个：不做。交了。接下来，就一悲剧……更悲剧的是快毕业了，他才告诉我……

在一地摊上买袜子，一块一双，便宜，本来想买三十双，结果只剩下同一黑色款式的了，卖袜子的忽悠我，说一种颜色好，丢了一只拿其他的顶上谁也看不出来……一想也对，于是买了三十双。就这样两天一换，结果过了快两个月，我同桌实在看不下去了，说："懒死你了，怎么两个月你连袜子也不说换一双？"我："……"

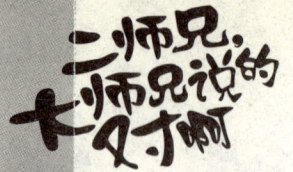

最近降温了,在高速公路上看到一个强人,开了辆敞篷跑车,戴了个摩托车头盔。

一时兴起,拿自己照片当电脑桌面……然后我的电脑就中毒了……

高中一同学说梦话:"爱妃,爱妃,不要离开朕!"我石化……过了一会儿,"堂堂大清国就这么灭亡了,朕不甘心呐,朕不甘心呐!"我直接崩溃……

前天老婆上网要找个财务软件,我就把电脑让给她,我在旁边看,老婆熟练地打开google,在搜索栏输入"百度",然后在搜索结果中打开百度,继续找她要的东西。现在,我要找什么东西都会跟老婆说,去google百度一下……

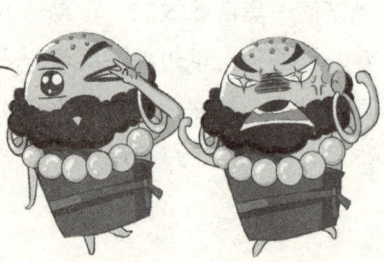

同学的父母刚开始恋爱时,有天去逛街,他妈看上一件羽绒服,但是一看价钱就拉他爸走。他爸说:"咱买不起还不能试试?"他爸就硬把他妈塞进换衣间。他妈换出来,他爸东看看西瞅瞅,拉着他妈就跑,说:"快跑!趁营业员不在!"他妈穿着那件羽绒服,标签飘在外面,被他爸拖着向外飞奔,刚好路过一个柱子,他妈一把抱着柱子大哭。他爸回过头严肃地说:"快跑!你是不是等着被抓啊?"他妈哭得更凶了。 然后他爸大笑起来:"哈哈哈哈……衣服钱你进去的时候我都付过了。"

批作业,看到学生做几何题没有画图,随手批注:无图无真相。

女友想查话费,给10086发短信:"我的话费还剩多少?"

同学A出车祸,脚骨折,住院。我们几个玩得好的同学去看他。一进住院部就遇见了他爸妈,我连忙上前去询问A的病情,结果一开口就变成了:"叔叔阿姨,A是怎么死得啊?" 他爸妈脸都绿了……

抵达沿海,卸载完毕。演习任务是配合某守备师进行抗登陆演习,大伙立马进行车辆准备。我正在用黄油枪给负重轮注油,胖胖的师政委站在我身后看了一会儿,关切道:"小同志,辛苦啦!没想到坦克有12个轮子要打气,坦克兵真不容易呀!"我被感动得哭笑不得。

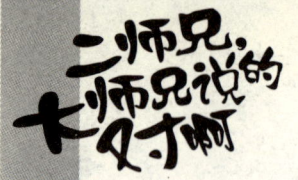

第一次去吃意大利比萨,不知道吃啥,就点了份38元加8元送一份芝士的套餐。餐毕,发现少了点什么,一想,原来少了份芝士,于是叫喊道:"服务员,我的那份芝士怎么还没上啊?我都吃完了,还让不让人吃了?"

服务员:"先生,你的那份芝士已经浇在你的比萨上了……"

我:"没事,你去忙吧……"

中午回到宿舍,看见我杯子里有可乐,直接一口全喝了。喝完我脸都绿了。原来宿舍那哥们吃饺子买了一袋醋,没地方倒,用我杯子装了。

老师讲题喜欢投身其中,一天老师讲题:"我的底面半径是20cm,我的高是50cm,那么我……"

下面有人接话说:"是饭桶……"

我这人比较丢三落四的,昨晚洗完澡又忘了关煤气……然后我妈就一边帮我收拾残局一边说:"所以你绝对不能犯罪,因为肯定会留下犯罪证据……"

一日上完体育课,肚子饿得不行,跑到餐厅吃饭,人多,太拥挤,也乱,我就对打饭的大婶喊:"我的饭速度点啊!"大婶就对里面做饭的人喊:"里面的快点!要饭的等急了!"

逛超市呢,看到一收款员在很认真地数一堆硬币。一小孩跑过,边跑边唱:"门前大桥下游过一群鸭,快来快来数一数,二四六七八……"然后收款员很郁闷地把数了一半的硬币倒回去重数……

高中的时候住校,有同学回家,我想让他帮我捎点东西,便发短信:"给我烧点衣服和钱。"

一天上午,一个二十多年没见过面的战友突然打电话到我的办公室说:"老战友,知道我是谁吗?"他说他作为外企技术员工派驻到我们当地的这家企业工作。这消息确实太突然了,我们俩在部队的时候无话不说,感情特别好。前几年失去联系,想不到他突然到我们这儿来了。我在电话里告诉他,我马上到他们的协作单位去接他,中午聚一下。

我到了他们的协作单位,好家伙!公司真有气派,管理方式全是外资模式,刚进公司的大门,门卫就盘问了一气,登记、签字特别严格,大概我那位战友是派驻单位的人,门卫才同意我进公司。

我走到老战友所说的车间,老战友看到了我,朝我点了点头,做

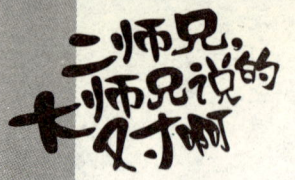

了个鬼脸。那意思我看明白了,还没到下班时间,不允许会客,让我在边上等一会儿。

我闲得无聊,在车间里转了一会儿,从袋子里掏出一份报纸在车间门边上看了起来。突然有个老板模样的人走到我身后,旁边还站着一个保安,他看了看我,拍拍我的肩膀说:"你一个月的工资是多少?"

我很有礼貌地笑了笑,说:"不多,一千六吧。"那个老板模样的人二话不说,从包里数出了一千六百块钱甩给我,说:"这是你这个月的工资,你被解雇了,请你马上从这里消失。"说完这话他头也不回地走了。

那个保安很不客气地把我推出了公司大门,我挣扎着问:"那人是谁呀?"

"是谁?那是老板,你连他都不认识还在这里混什么混。"

我和老婆去卧佛寺游玩,老婆路上走不动了,于是我背她。一个老婆婆看见了,严肃地说:"看你也是读过书的人,老婆有病还是早点去医院,拜佛是没用的。"

为铺设一条铁路,一位勘测工程师走进一家农舍,对农妇说:"我们的铁路将正好通过您这所房子,十分抱歉。"

农妇答道:"这没啥,但是,你们别以为火车每次打这儿通过时,我会给你们开门!"

坐公共汽车，我坐在前排靠窗的位置。

半小时后，我把头伸出窗外。

后排也有一哥们儿，头伸在窗外。

我对他喊："把头缩进去。"

那哥们儿看来不是盏省油的灯，横着眼睛说："去，关你屁事。"

我缩回头，那哥们儿也缩回，我转头非常礼貌地对他说："请再不要把头伸出窗外。"

我第二次把头伸出窗外。

估计那哥们儿特有自尊，他觉得，你能伸，我也伸得，就又一次把头伸出窗外。我再也憋不住，吐了，脏物糊了那哥们儿一脸。

那哥们儿狂叫一声，我旁边的朋友，膀大腰圆，对那哥们儿说："叫什么叫，人家给你打过招呼的。"

船要沉了，救生艇没桨没油，马达也坏了。

诺基亚用户用手机砸开了马达外罩开始修理。

iPhone 用户拍摄了自己和马达的照片发微博求助。

Android 用户写好遗书后就关机了。

山寨机用户把手机电池抠下来安在马达上，救生艇开走了。

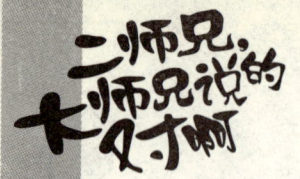

春节一群哥们儿在聊天,一个问:"如果你约了心仪的女孩子吃晚餐,当你要上厕所时,该怎么礼貌地说?"

A:"我去撒个尿!"

"这一点都不礼貌。"

B:"我去上个厕所,等等回来。"

"嗯,这个不错,但还有更礼貌的。"

C:"容我离开一下。我去跟一个好朋友见个面。如果可以的话,我更希望今天晚上有机会介绍他给你认识……"

在这个祥和的春节里,年度相亲大会正在进行中……年度逼婚大会正在进行中……年度催生大会正在进行中……

大过年的,女友要和我分手,我问什么理由,她说:"因为你是QQ会员,我觉得我配不上你……为了挽救我们的爱情,我……我也给她充了个QQ会员……"

2012年大家一定要好好努力加油,走得好是龙年,走不好那可是虫年啊!

三个超深冷笑话

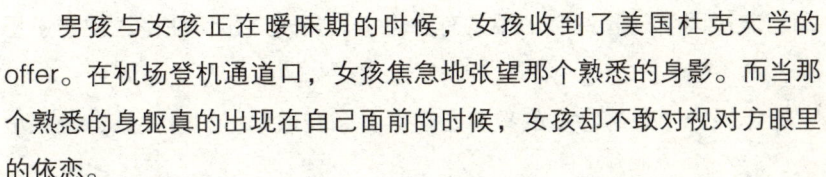

一

男孩与女孩正在暧昧期的时候,女孩收到了美国杜克大学的offer。在机场登机通道口,女孩焦急地张望那个熟悉的身影。而当那个熟悉的身躯真的出现在自己面前的时候,女孩却不敢对视对方眼里的依恋。

"如果你开口叫我留下,我就放弃留学。"女孩暗暗下定了决心。只见男孩拿出一个包装精美的礼物盒,里面是一块停针的机械表。男孩把表温柔地戴在了女孩的腕上,上好了发条,松手,停止的表针又开始了画圈。

"是啊,每个人都会有新的开始,何必执着于此时此刻呢?"女孩想,甩甩手,快步走进了登机通道,心里再也没有一丝犹豫,只是一瞥间那个抽泣的背影稍稍触动了心弦。

60年后,女孩已是雪染双鬓,正在波士顿的家里收拾着细软准备

搬家。外面的美国老伴正在哄着孙子们乖乖坐进汽车。突然箱底的那块机械表赫然出现在了她的面前，记忆忽然回到了60年前那个机场临别，"女孩"怔了一会叹了口气，擦了擦表面，给表上了发条，松手，停止的表针又开始了画圈……

老伴在外面喊了多声没听到"女孩"回应，进屋一看，只见她拿着一块式样老旧的表泪眼婆娑。

——原来当年男孩想表达的意思是："表(不要)走了……"

二

湘北的流川枫在神奈川的名声很响，一半是因为篮球打得好，另一半是因为该人实在是太酷了。此君对所有人一视同仁不假辞色，不要说笑容难得奉送一个，便是说起话来也是能用两个字就坚决不用三个字。

某日在英语课上新来的老师误打误撞要流川同学起立朗读课文一篇，流川同学一看课文，怕是有上百字之多，这如何使得，便摇了摇头："不会。"

年轻老师想起念过的教育心理学，亲切鼓励："没关系，大胆地念。"

流川不耐烦起来，据实以告："太长。"

老师猝不及防愣在当场，想发作又恐失去风度，耐下心来说："那你念一段好了，剩下的让后面的同学念。"

流川拿起书，念了一句："Lesson Two."念罢朝老师点点头，坐下了。

教室里盲目崇拜的小女生倒下一片，这怎一个酷字了得?

一来二去，男生们不免怨声载道，这流川枫无节制地耍酷，搞得本校外校神奈川各中学的小女生们人心惶惶、神不守舍，视其他男生

若无物，长此以往哪还有大家的活路？

陵南的仙道乃是神奈川另一大帅哥，不过采取和流川截然相反的风格，亲切开朗，助人为乐，周围的人如沐春风。

一日和同学课余打混，又听得兄弟们纷纷抱怨流川，仙道仔细听听，发现在流川众多让人吐血的行为里，别的不提，最可恨的便是这惜字如金的作风。

仙道颇不以为然："这有什么？他是凑巧没碰上需要多多说话的机会而已。"他话音刚落，立刻有好事的人设了赌局，打赌看仙道能不能让流川变得非常饶舌。很没有面子的是，仙道赢的赔率是一赔十。仙道微笑："原来大家对我这么没信心。"

有几个意志薄弱的家伙在仙道柔和的压力下几乎将钱压在仙道赢那边，但一念及流川那毫无表情的面容，犹豫再三还是压在了仙道输上。仙道拂袖而去。

放学的时候，流川照例来找仙道打球，冰冷冷地说："一对一。"仙道亲切地说："我正有此意。"然后拉流川去打了一晚台球，将流川赢了个落花流水。

第二天放学的时候，流川照例来找仙道打球，冰冷冷地说："一对一，篮球。"

仙道非常亲切地说："我正有此意。"然后拉流川去打了一晚电脑篮球游戏，将流川赢了个落花流水。

第三天放学的时候，流川照例来找仙道打球，冰冷冷地说："一对一，篮球，在场地上。"仙道笑眯眯地非常亲切地说："我正有此意。"

然后拉流川去爱知县爱知中学的篮球场打球，结果路途遥远只能坐长途汽车，到了爱知天已经全黑了，只好坐末班车回来。不过好在一路的风景还不错，流川也睡得很香。

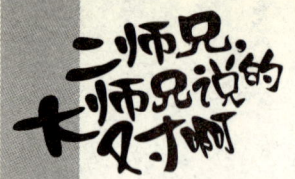

第四天放学的时候,流川照例来找仙道打球,冰冷冷地说:"一对一,篮球,场地上,在你家旁边的小公园。"仙道开心得很:"和我想到一块去了。"

然后坐着流川的自行车一同走,途中去了超市(买晚饭便当)、海边(吃晚饭便当)以及陵南(仙道后来想起来忘了东西在学校里),等流川骑着自行车将仙道带到那里,流川已经累得快动不了了,仙道又将流川赢了个落花流水。

第五天,……

第六天,……

……

这一天放学的时候,流川照例来找仙道打球,说:"仙道,我们去打篮球吧,我今天来的路上看见一个小球场很好,也没什么人,只有四五个人在打球。我问了他们,他们顶多打到6点,我们可以接在他们后面用。他们说那个球场晚上的灯很亮,打到10点没问题。你现在能走了吗?所有要带回家的东西都拿了吗?明天要交的作业都做了吗?你仔细想好了,别现在以为都做了,待会又想起来没做。你现在想起来,还来得及和同学借个作业抄抄,回头等回了家你再想起来,到哪里找同学去,人家也回家了。你今天晚上要吃什么?我今天不要吃太辣的,也不要吃太咸的,最好也不太甜。今晚海边是不能去了,我听了天气预报,风有七级……"

说明——人都是被逼出来的,流川枫也可以变唐僧。

三

一天,王先生发现自己5岁的儿子小明行为有些古怪。

快到傍晚的时候,他一个人站在窗口向外挥手,口中似乎还念念有词。

　　王先生悄悄走到小明身后,却听到小明说:"公公再见,公公再见……"

　　王先生向窗外一看,什么人都没有。一连几天都是如此,每到这个时间,小明就站在窗口,重复着那句让王先生毛骨悚然的话。

　　终于,王先生忍不住了,他把儿子叫过来,"小明,你每天这个时候都在跟谁说再见啊?"

　　"公公啊。"小明一脸天真。王先生一听头皮都炸了,"哪……哪个公公?"

　　"太阳公公啊!"

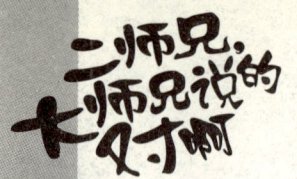

经典笑话——男同志洗澡女同志参观

🐟 钓海带

老刘退休后,学人家钓鱼,逐渐上了瘾,欲罢不能,每日必钓。怎奈技术不行,总是空手而回。为了避免老婆的唠叨,每次回家前,总先去菜市场买两条鱼带回去。有一天,老刘又去钓鱼,边钓边和旁边的钓友闲聊,不知不觉天就黑了。像往常一样,什么也没钓到,又去菜市场买,可最后一条鱼也卖光了。老刘只好对摊主说:"只要是水里的给我来两样就行。"摊主挠了挠头,若有所思,转身对伙计说:"给这位老先生拿两条海带来。"

两条虫子

晚上,我和朋友去学校附近的米线馆吃饭。米线是三元一碗,很快,两碗米线端上来了。吃着吃着,朋友皱了皱眉头,从碗里挑出一条

虫子。随后叫来老板，老板连忙道歉说："真不好意思，这碗就算您两块钱吧。"朋友听了就没再说什么，继续吃饭。过了一会儿，朋友十分高兴地举着筷子对我说："看，又一条虫子，我只需付一块钱了。"

粗心的MM

MM从的士上下来，把照相机落在了后座上。

司机见状赶忙把头伸出窗外，冲着MM大声喊道："小妹，你相机！"MM脸一红，扭过头来骂道："你像鸭！"然后的士走了……然后MM追着车喊："师傅，我相机！我相机！"

吃药

有个人养了条狗，夜里经常狂叫，吵得他睡不着，他想是狗有什么病，便带着它去找兽医，兽医看了看说："它耳朵痛，你让它把这片药吃下去就好了。"说着，递给他一片药。

这个人让狗把药吃了，可是，夜里狗还是照样狂叫。他又跑去找兽医。"我再给你三片药。"兽医："一片你给狗吃上，另两片你自己把它吃掉。我敢说，这样，你和狗总有一个会睡着的。"

我最了解你

一个小伙子向姑娘求婚，姑娘说："不过，我们相识才三天呐，你了解我吗？"

小伙子急忙说："了解，了解，我早就了解你了。"

"是吗？"

"是的，我在银行工作三年了，你父亲有多少存款，我最清楚的。"

考试分析

父:"这次考试,行情如何?"

子:"发生崩盘,指数暴跌。"

父:"报一下收盘价位。"

子:"教学56,语文43,物理52,政治49,化学58。"

父:"怎么搞的,满盘皆墨。以前走势尚好,这次这么多翻空。"

子:"从基本面分析,平时上课因研究股市行情而没能好好听课;从技术面分析,这次监考太严,各种救市措施无法出台。"

拯救自己

一群官兵被敌军包围了。

军官长说:"士兵们!要勇敢,能拯救你们生命的,只有你们的双手了!明白吗?!"

士兵们:"明白了!"说着,士兵们便纷纷举着双手投降去了,只留下军官长……

戒烟

某公患有心脏病,医生劝他戒烟,并且说,如果不能一下子戒掉,可以先改成每天饭后抽一支。

一月后,他又去看医生,医生检查后发现他又有了胃病,大惑不解,问:"这是怎么回事?"

"可能是因为我为了遵守您饭后一支烟的建议,每天吃饭次数过多而且不规律吧……"

🐢 口误

某君赴宴迟到。匆忙入座后,见烤乳猪就在面前,于是大为高兴地说:"还算好,我坐在乳猪的旁边。"话刚出口,才发现身旁一位胖女士怒目相视,他急忙赔着笑脸说:"对不起,我是说那只烧好了的。"

🐢 问候

某人在街上遇到一个朋友。当他刚问及朋友之妻时,忽然想起她已去世了,便又改口道:"她还在原来那座公墓里吧?"

🐢 救火

一年轻美貌女子,问一救火员:"你为救我脱险,一定花了不少力气吧?"救火员:"可不是,为此我打退了三个救火员!"

🐢 让座

孩子:"妈妈,在公共汽车上爸爸叫我给一位太太让座。"

妈妈:"儿子,你应该这么做呀。"

孩子:"可是,我当时坐在爸爸的怀里。"

🐢 紧张

躺在手术台上的患者,看到手术前的各种准备,心里觉得非常不安,就说:"大夫,对不起,这是我初次动手术,所以非常紧张。"大夫拍拍他的肩膀,安慰道:"我也是一样。"

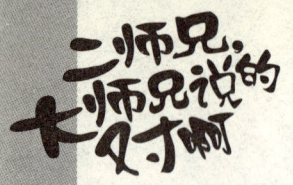

车票

一青年骑着单车,穿胡同过小巷。一不小心,前轮钻入一老头胯下,老头还算灵敏,紧紧抓住车把,连声喝道:"停车,停车……"奈何车没闸,带着老头不减速,直到撞上一堵墙。老头心有余悸,惴惴不安地问:"坐车不用付钱吧?"

鲜花和牛粪

妈妈对儿子说:"想当初嫁给你爸时,大家都说是一朵鲜花插在牛粪上。"儿子说:"那你为什么还要嫁呢?"妈妈说:"唉!牛粪也不好找啊!"

洗澡

某领导准备为职工干点实事,安排一次参观博物馆和洗澡。于是召集所有男女职工讲话。

"大家注意,明天,上午女同志洗澡,男同志参观。下午男同志洗澡,女同志参观。要遵守纪律,啊,只准看,不许摸,是绝对禁止拍照的。"

台下哗然。

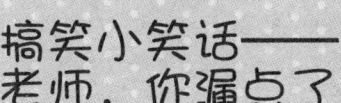

搞笑小笑话——
老师，你漏点了

 有三个剑手参加了世界剑术大会，排名第三的剑手上了场，工作人员放出了一只苍蝇，"唰"一声，它被劈成了两半，全场欢声雷动。排名第二的剑手上了场，"唰唰"两声，苍蝇被劈成了四半。等到最伟大的剑手上场，"唰"一声，苍蝇如故。全场哗然，人们惊讶极了。而最伟大的剑手却面带微笑。有人喊："你已经失手了！"剑手说："这只苍蝇虽然还活着，可是它永远当不成爸爸了！"

 有一个人想到峨眉派学艺，到了峨眉山，看见一块牌子上写着五个字：峨眉派……出所。

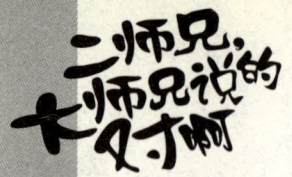

我是银行的柜员,做外币的。

一天,一高鼻深目、肤色白皙的女子进来,用不甚流利的中文问我:"这里,换钱可以吗?"

我点头:"可以,请问是什么币种?"

女子手持一张100美元递来。

我接过,"护照给我一下。"(结汇需要护照)

"什么?"女子一脸茫然。

"哦,"我马上换成英文,"please show me your passport。"

"啊?"还是一脸茫然。

我无语,心想:"中东的人怎么连英文也不会说?"就再重复一遍:"passport!"

女子委屈地对闻声而来的大堂经理说:"她的话,我不懂!我是新疆的!"

我温柔地说:"身份证!"

女子连连点头。

朋友手机前段时间丢了,就拿了他妈妈以前淘汰的一个山寨机先用着,巨破,巨丑。

某日逛街,朋友没心没肺地四处走,突然一路人怯怯地凑过来问:"刚才那个男的你认识吗?"

朋友一头雾水:"啊?什么男的……"

路人:"哦,我刚才看他把你手机从你包里拿出来又放回去了,以为你们认识。"

朋友:"……"

一日X某的儿子哭着跑来,说:"我爷爷打我!"X某狠抽自己一嘴巴,大骂道:"敢打我儿子,我打你儿子!"

湖边,一个画家正在画画,身后来了一男一女两口子。他们看了一会儿,最后丈夫以无可辩驳的口吻对妻子说:"看见了吧,亲爱的,不买一个相机,该有多苦恼哇!"

一对年轻夫妇去看画展。妻子是一个高度近视眼,她站在一幅大画前仔细地看了老半天,然后大声地喊了起来:"我的天哪!这位妇人为何如此难看?""亲爱的,别大惊小怪,"丈夫连忙走上前去悄悄地告诉妻子,"这不是画,是镜子。"

车刚启动,路中央突然出现了一个女人,尽管我及时地踩了刹车,还是撞到了她。我吓坏了,心想:"赶紧下车,给她道歉,看看需不需要送医院。"刚打开车门,她就跑了,我连忙大喊:"我爸不是李刚。"她边跑边叫:"我怕你是药家鑫。"

有个小伙初次出远门,到一个亲戚家去,估计着快到了,想找人问问。这时路边树下坐着一个老汉,在那里抽旱烟,小伙走上前问道:"喂,老头,到大王庄还有几里?""你问我?"老汉说。小伙子点点头。"到大王庄还有三百杆子。"老汉吐口烟说。小伙子惊奇

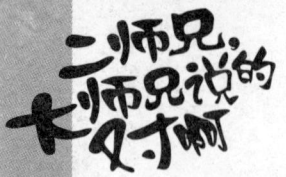

地说:"你们这里怎么不论里啊?"老汉又吐口烟说道:"论理?论理得叫大爷。"

有两只小鸟看见一个猎人正在瞄准它们,一只对另一只说:"你保护现场我去叫警察!"

下课点名,假如没来期末成绩将被扣掉50分!念到一同学时不知怎么就跳了过去,于是他大喊一声:"老师,你漏点了!"年逾花甲的老教师低头看看了说:"没有啊。"

愚人做的蠢事，很可笑

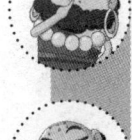

1.

一户人家刚装上了电灯泡，吃罢晚饭，老人卷了一袋旱烟，习惯性地把烟袋锅凑到电灯泡上，卯足了劲儿吸，可硬是没把烟点着。

老人只好掏出火柴点烟。

抽罢烟，老人想睡觉了，又对着电灯泡使劲吹，也没有把灯泡吹灭。

于是，老人只好让它亮着，上床睡觉。

一边脱衣服，一边自言自语地说："这个玩意儿真怪，点烟点不着，吹也吹不灭。"

2.

傻子遇上一个聪明人，聪明人送给他一棵草，说："这叫隐身草，手里拿了它，别人就再也看不见你了。"

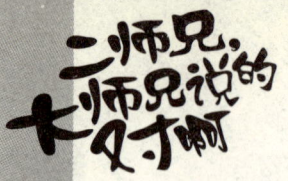

傻子擎着"隐身草",马上到集市上,伸手抢了别人一把钱,扬长而去。

事主抓住他,一顿猛揍。

傻子喊道:"任凭你怎么打,反正你看不见我!因为我有隐身草!"

3.

有个富人家的孩子去买冰,他对卖冰的说:"把你的冰拿给我看看。"

卖冰的从大冰块上敲了一块冰递给他。

富二代说:"我想要一块比这块还要凉的冰。"

卖冰的又从大冰块的另一边敲下一块递给他。

富二代问:"你的冰怎么卖?"

卖冰的说:"这块冰是两元卖一个,刚才的冰是一元卖一个。"

富二代说:"给我称价钱贵的冰。"

4.

古时候有个愚人,用车装了乌豆到京城去卖。到水边上时,车翻,乌豆也翻到了水中,这人就回家喊人捞豆。

离开后,水边上的人就把乌豆全捞走了。

等这人回来,河中只有许多蝌蚪在游动。他以为是乌豆,想到水中去捞,蝌蚪见人逃散而去。

这人哀叹了好大一会儿,说:"乌豆呀!你不认我,见了我就逃走,大概是一时长了尾巴,怕我不认识你吧!"

雷人的校园糗事乐坏你

一同学上课睡觉，老师走过来把他叫醒，问："你怎么了？为什么上课睡觉？"

同学说："我难受。"

老师关切地问："是不是生病了？"

同学淡定地说："困得难受。"

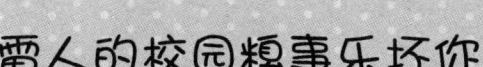

大四时，一次自习完下楼，以为走在我前面的是舍友，就偷偷地跑上去朝他屁股上狠踹一脚，大喊："你竟然跑来上自习了。"

结果那人揉揉屁股可怜巴巴地看了看我，道："大哥，我大一的，以后不敢了……"

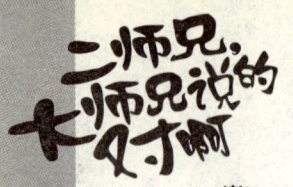

今天,一个女同学正在校园内走路,忽然一个陌生男子跑过来问:"美女您好,你的学分满了吗?"

女同学:"还没。"

只见他高兴地说:"太好了,那我们结婚吧,在校大学生领取结婚证可加三个学分,因为那是国家级证啊。"

第一次去食堂吃龙须面,之前只看过别人吃得香喷喷的,不知道它叫什么名字,就跟师傅说:"师傅,那种面条比较细,大概直径不超过2毫米,然后还放了两个二分之一的煮熟的鸡蛋,汤里还有……"

我正想继续说:"绿色的叶子状的东东。"

师傅就说:"打卡吧!"

可我一看就一块五,感觉不应该这么便宜,就重复了一下:"师傅,我要的是那种……"

"行了行了,龙须面嘛,我听懂了!"

今天做数学题,题目是十个人排队,甲不能站中间,不能站两端,还得和乙挨着,还得和丙隔两个人,还得站丁后面。经过激烈地讨论,大家一致认为:"让甲滚!"

现在终于发现,当年挂过科的,总是要还的……
计算机没学好,上网买不到火车票!
数学没学好,算不好房贷!
化学没学好,总是吃到地沟油!
通信工程学没学好,买个iPhone 4S总是没信号!

考上名牌大学:哟,真对得起咱这张脸。
考试作弊:您瞅准了!
老师的表扬:苦苦的追求,甜甜的享受。
尖子生对名牌大学的真情流露:我的眼里只有你。

考完试,我才明白了一个道理:三分天注定,七分靠打拼,剩下90分在老师那里。

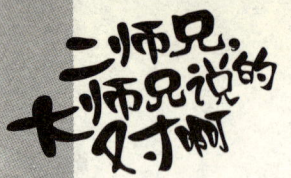

愚人小幽默，逗得你乐不可支

客人："服务员，这面包烤得这么黑，让人怎么吃？"
服务员："不是烤黑的，是掉在煤堆里弄黑的。"

海军上将问年轻水兵："小伙子，你进海军有多久了？"
"一个月。"水兵反问道，"那么您在海军多久了？"
上将虽然觉得他问得很唐突，还是很有耐性地答道："三十年。"
水兵同情地说道："很难受，是不是？"

一个人测视力,左眼一点零,大夫让他试右眼,他说:"不用试了,就比左眼差一点。"大夫强制试了右眼,结果视力为零。

大夫气愤道:"右眼视力明明是零,你怎么能说只比左眼差一点呢?"他说:"一点零减去一点,不就是零嘛!"

一个人总是怀疑他妻子精神有问题,便请教精神病大夫:"她总是非常担心她的衣服被偷走。"医生:"有什么证据?"这个人道:"有一次我提早下班回家,发现她雇了一个男人在衣柜里面看她的衣服。"

路人问卖油翁:"为何油价又涨?"
卖油翁道:"无他,唯手熟尔。"

"乔峰!你若不是契丹人,胸口怎么会文有狼头刺青?"
乔峰听罢仰天大笑,拨开衣领露出胸膛,道:"我这刺青明明是哈士奇,乃我丐帮打狗棒传人之标识!"

最近网络上盛传中国拥有了连美国、俄罗斯都没有的神秘武器,足以制胜台海。有人猜测是号称第二原子弹的电子脉冲弹,也有人猜是东风21-D反舰弹道导弹,最后还有人肯定地说是倚天剑、屠龙刀……

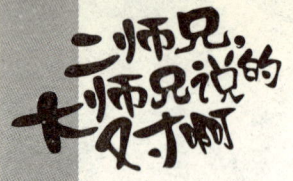

是谁发明了婴儿这种外星生物？完全无法沟通，裸机一部，没配任何文档，待机极短，两小时一充，且耗电量惊人，无法退货更换走三包，随机需要大量周边配件，铃声很烦，且需要自己慢慢摸索着安装语音系统、操作系统，且还限购哦。

神回复："可是你们很喜欢其开发过程哦……"

我们上高中时，有个老师对学生很是不好。一帮学生被压迫已久，便商量好好整老师。这天，这老师在课堂上讲课，坐后排的一男生面露痛苦之色，手捂着肚子轻轻地呻吟，老师也没搭理，继续说教，进行一半时，老师刚一转身面向黑板写笔记，这位男生突然"哇……哇……"（呕吐的声音），同桌的一位男生以极快的速度将一瓶八宝粥倒于这位男生的课桌之上，老师回过头时正见桌上布满黄白之物。这时，另一位男生拿出一把小勺，一勺一勺地将课桌上的东西舀来吃，边嚼还边说："嘿，这哥们儿中午吃的花生耶。"老师见状，"哇……哇……"狂吐不止。

搞笑老板笑话总汇

一个私企老板不小心掉到厂子附近的井里了,在那儿大喊大叫。他妻子说:"再坚持一会儿,我去厂里叫工人来救你。"老板说:"慢着,现在几点了?"妻子:"十一点半。"老板:"我再坚持半小时,等十二点了你再去叫。"

酒店老板请人写店招牌,那人写完后,又在上面画了一把刀。老板惊问:"画刀是什么意思?"回答道:"我要用这把刀来杀杀酒里的水气!"

一个盲人去买烧饼,对摊主说:"老板,给我来几个烤糊的烧饼!"摊主不解地问:"你为什么非要糊的?"盲人道:"我不说你

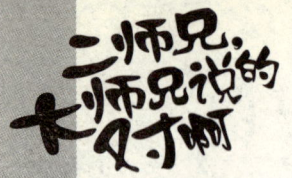

也要趁机给我糊的,我先说出来不是更有面子吗?!"

在一个慈善募捐晚会上,募捐人士向两个以吝啬出名的富翁募捐。其中一个捐出了一分钱,于是大家都饶有兴趣地看另一个如何捐出比一分钱还少的钱。结果那位富豪很平静地说道:"这是我们俩共同出的钱。"

一天老板高兴地说:"小张,我QQ也升到太阳啦!"
我冷冷道:"那是QQ天气预报!"

同事由于讨厌老板,将电脑开机密码设置成SBWU(老板姓吴),每天输一次密码骂一次,一次他请假交接工作时,失误地把密码告诉了老板。
老板问:为什么你的密码是SBWU呢?
同事灵机一动脱口而出:桑巴舞……

前天我老板,真懂似的,在我的电脑前面看半天,说:"小柯,你也种菜啊?这可是上班时间!"
我收了收瓜子皮……瞅瞅他说:"张总,这是我的桌面,你见哪块菜地上站着超级玛利呢?"

一天早上老板打电话问我怎么还没到公司。我把窗户打开,故意让嘈杂的声音传进电话,说:"马上到了!开车讲电话会出事故的。"

老板说:"死丫头,我打的是你家座机!"

某公司老板:"在公司中我是头儿。"

朋友:"这我相信。但在家里呢?"

老板:"我当然也是头。"

朋友:"那你的夫人呢?"

老板:"她是脖子。"

朋友:"那为什么呢?"

老板:"因为头想转动,得听脖子的。"

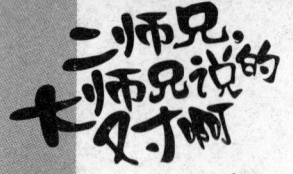

某公司经理叫秘书转呈公文给老板:"报告老板,下个月欧洲有一批订单,我觉得公司需要带人去和他们开会。"

老板在公文后面短短签下:Go a head。

经理收到之后,马上指示下属拟行程,买机票,自己则是整理行李。

临出发那天,被秘书挡下来。

秘书:"你要干什么?"

经理:"去欧洲开会啊!"

秘书:"老板有同意吗?"

经理:"老板不是对我说Go a head吗?"

秘书:"来公司那么久,难道你还不知道老板的英文程度吗?老板的意思是去个头!"

汤姆是个个儿很小而又害羞的孩子。他是办公室的勤杂工,累死累活,一星期也只能挣到6元。一天他终于鼓足勇气,去找老板要求加工钱。

老板说:"你是个诚实的孩子,不是懒骨头,你想加多少?"

汤姆回答说:"我想一星期加4元不为过吧?"

"哎呀,你这么点大的个儿也要10元一星期?"老板说。

汤姆回答说:"我知道,就我的年龄来说,我的个儿是太小了,但把实话跟您说了吧,自从我到这里来工作,就忙得没工夫长个儿了。"

公司经理指示在每人的工资袋里夹一张说明：

"您的工资数是您的个人秘密，请不要泄露给任何人。"

一位初来的职员数了数工资，皱着眉头在签名处写了一句话：

"我绝不会向任何人泄露，因为我和您一样，不好意思将这种收入讲出去。"

某公司有位专家，一天，他去向领导要求请假一周，可是他垂头丧气地从领导办公室里走出来，同事们问他是咋回事。

他说："我请假一周，他却只同意给我三天。我说：'三天不够。'他说：'你是个能干的专家，别人需要七天办的事，你只要三天就能办好了'。"

一名芝加哥的职员从美国东部给他的经理打电话："我被耽搁在这儿了。我们正处在飓风中心，航班取消，火车与汽车停开，高速公路也被水淹了。我怎么办呢？"

"从今天起开始你的两周假期。"

"怎么，杜朗，你在上班时间喝酒？"

"对不起，老板，这是纪念我最后一次加薪20周年。"

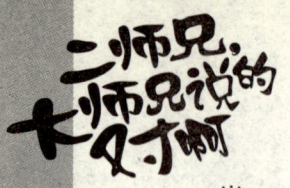

一位太太买了一块地皮,可是没过多久就被大水淹了,她要求房地产公司退钱,但公司不答应,双方为此争执不下。

于是,公司开了一个紧急会议,专门讨论该不该退钱的问题。

公司的职员七嘴八舌,有的说为了公司的信誉应该退钱,有的说不应该退钱,公司少做这么一笔生意太可惜了。老板一筹莫展,绞尽脑汁终于想出了一个两全其美的办法,说道:"最明智的决策就是买一艘汽艇给她!"

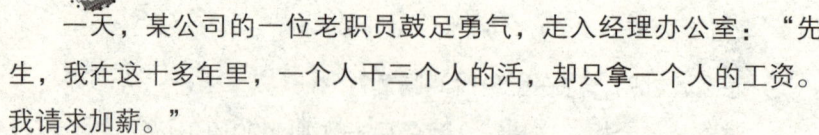

新来的年轻职员被老板叫去。

"我注意到你,"老板说,"你工作勤奋,而且在每一件小事上都很认真。"

年轻人面露喜色,期待老板的嘉奖。

"所以,"老板说,"我不得不解雇你。"

"天哪,这太不公正了。"

老板笑着说:"我这里已经有过好几个像你这样的年轻人,后来他们都成了行家,然后突然跑出去自己办公司,拼命想挤垮我们。"

一天,某公司的一位老职员鼓足勇气,走入经理办公室:"先生,我在这十多年里,一个人干三个人的活,却只拿一个人的工资。我请求加薪。"

经理说:"很好,我可以为你加薪,但有一个条件:请说出来你为哪两个人多干了活,我先将他们解雇。"

一职员已两天没有上班了,当他第三天来到公司时,老板抱怨说:"你这两天干什么去了?"

职员答道:"我不小心从三楼窗口跌到大街上去了。"

老板气冲冲责问:"从三楼跌下去要两天吗?"

"好啊,让我头痛的那个供货商的老婆一下生了三个儿子,活该,这回也让他尝尝一次得到的货超过他们的订数是什么滋味儿。"

四个美国商业巨头在巴黎度假,偶然相逢于俱乐部,大家无所不谈,并相互同意谈出自己的缺点来。

甲:"我的缺点是嗜赌如命。"

乙:"酷爱杯中物是我的缺点。"

丙:"我放高利贷过分狠毒,将来我想做些慈善事业来抵偿。"

最后轮到丁发言,他犹豫不说,其他人说他不公平和不守诺言。

他被迫说:"我的缺点是喜欢搬弄是非,我恨不得马上把你们刚才讲的话传真回纽约,让我的朋友赶快知道。"

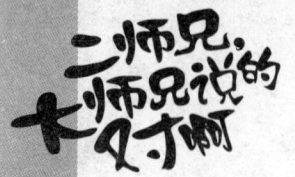

乐死人的恋爱幽默

1.

计算机系的男同学追班里一女同学，结果此女总是躲躲闪闪。男的看没戏，就另找了一个去追，结果这女的不满意了，质问这男的为啥抛弃她。男的问："请教一个电脑问题，如果你点击一个程序，总是提示'没有响应'，怎么办？"女的说："马上结束任务。"男的说："对，我也是这样想的。"

2.

大刘城里打工回来后，大开眼界地对青梅竹马的小凤说："现代科技真是不得了，据说从人造卫星上可以清楚地看见地面上的一切。"小凤羞红着脸说："那俺以后再也不和你手拉手到后山去了。"

3.

一女同学,和她男友逛街,每次逛到衣服店都是我的那个女同学进去,她男友站在外面等,终于她忍不住了问他:"你干吗不进去呢?"他先是一愣,然后一本正经地指着门上的告示说:"你没有看见上面写的'同行勿入'吗?"

4.

那天,公交车上有俩MM闲谈。
A:"小王和她男友现在还好吧?"
B:"别提了,掰了。前几天她男友还向我哭诉呢。"
A做惋惜状。
B接着说:"她男朋友那天可伤心了,可就是不掉眼泪。"
A赞叹:"很有男子汉气概嘛!"
B小声地说:"呃。他说他不能哭,他的睫毛膏不是防水的。"

5.

夏尔对未婚妻说:"亲爱的,你瞧这串项链,上面正好有22颗珍珠。"

"为什么是22颗呢?"

"和你的岁数一样。"

"原来是这么回事。"

未婚妻暗暗地责备自己:要是我把30岁的真实年龄告诉他就好了。

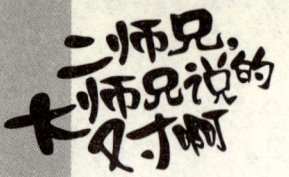

职场小幽默

"你什么学历?"

"剑桥硕士"

"懂外语吗?"

"懂,上学时一直用的英语。"

"有工作经历吗?"

"在世界五百强企业待过。"

"你期望月薪是多少?"

"一万美元。"

面试人员写道:"有学历,懂外语,非应届生,特别爱做梦。"

正在上班的小李突然有急事要外出,可又不想请假,那样会被扣全勤奖,于是向老陈请教。老陈笑笑,道:"你外出前,把电脑打开,关掉屏保程序,再打开几个正在处理的文件和报表,这样别人会认为你就在附近。如果有人问你去哪儿,你就说上厕所。记住,要把手机放在办公桌上,回来的时候,嘴里一定要嘟囔句:'MD,腰带又成了死结,半天解不开,再上厕所一定得带把剪刀。'"

新任局长请教老局长:"这纪检工作如何搞?"

老局长说:"简单!就像煮汤圆,自己漂起来的你就捞,沉在底下的别瞎搅和。"

应酬时,幽默地劝酒:

(1) 男的喝白酒,女的喝啤酒,其他的随意。

(2) "开车不喝酒,喝酒不开车"这句话对了一半。今天开车来的都可以喝酒,但喝了酒就不要开车了。

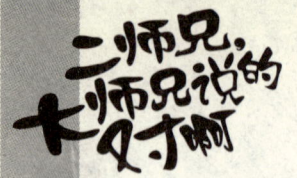

高油价等生活讽刺笑话

1.

路上见一豪车在缓缓慢行,仔细一看,车上坐着一个肥头胖脑的老板,车后两个农民工正气喘吁吁地推着。

问胖老板:"车坏了?"

胖老板哈哈大笑道:"车好着呢,油价上调都破8了,雇人推比开划算。"

2.

晚上吃过饭,我赖在沙发上看电视,老婆用嗔怪的眼神看了我一眼道:"还不去刷碗,脑子失忆了?"

我极不情愿地站起身来小声说道:"哼,还说革新观念呢,咱家就是严重的男卑女尊。"

老婆听罢一咬牙道:"说什么呢,你以为改革那么容易啊。像咱家这情况,少说也要10年的过渡期。"

3.
100万在全国各地能买什么样的房子:
在洛阳,买个小三居,还有余钱包个二奶;
在天津,买小两居,还有钱装修;
在广州,买小一居,还有钱吃饭;
在北京,买5环外一居,还有钱打车;
在上海,买昆山的小一居,还有钱坐城铁;
在杭州,买个伴奏带,唱:西湖的水,我的泪……

4.
什么叫减肥?就是不好好吃饭;
什么叫创新?就是不好好工作;
什么叫深沉?就是不好好发呆;
什么叫裸奔?就是不好好跑步;
什么叫抄袭?就是不好好转发;
什么叫爱情?就是不好好做朋友。

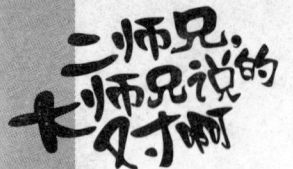

够冷够讽刺的笑话段子

一对热恋的情侣落入一个BT杀人狂手中,面临双双惨死。

但有一个机会——两个人石头剪刀布,赢的人会被释放。两个人决定都出石头,一起死。

结果男人出了剪刀,女人出了布。

最后两个人都被杀了。

男人死前不解地问:"为什么?"

杀人狂冷冷地说道:"因为最终解释权归我!"

记者:"您对油价上涨有什么看法?"

愤怒哥:"能说脏话吗?"

记者:"不太好吧!"

愤怒哥:"那无话可说。"

火车突然发出一阵咕嘎声,随后猛然停了下来。全体乘客都从自己的座位上跳起来。

"发生了什么事,列车员?"一个女人暴躁地喊道。

"没什么了不起的,只不过是一头可恶的母牛撞上了我们。"

"在铁轨上吗?"

列车员:"差不了多少,是在路边的牛棚里!"

某互联网公司招了个日本人做研发,他上班第一天就对部门同事说:"我在日本工作时是个加班狂,每天都很晚回家,希望大家跟上我的步伐。"

一个月之后他辞职回日本了,临走对我们说:"你们这样加班,经常睡在公司是很不人道的。"

雌鸟泪流满面,雄鸟怒气冲天地说:"我跟你讲了多少遍了,这个指环是鸟类研究站的人给我套上的,不是结婚戒指!我还没结婚!"

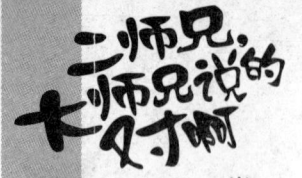

一个人测视力，大夫让他遮住一只眼，指着视力表一个一个地问。

大夫指1.0他说看不见，大夫指0.8他说看不见，大夫指0.2他还说看不见。

大夫说："过来让我看一下。"

大夫扒了扒眼说："假眼你也不说一声。"

中午吃鱼，女儿吃了两小块，之后就不肯吃了，把头摇个不停。我说你的头摇得都像拨浪鼓了。她突然不摇头改成点头了，还一边点头一边移动，问我："那这样像不像波浪线啊？"

一个男人去市场买菜，问道："我要买些菜晚上留给妻子吃，你这蔬菜没喷洒过农药吧。"菜贩子说："没有，这种事得你自己干。"

儿子拿了个iPad对妈妈说："你瞧，可以在上面看书呢。"妈妈很是惊奇，拿过来iPad看了看，然后舔了舔手指去上面翻页。

早上体检，需要抽血。

扎第一针的护士说我太胖，找不到血管。

扎第二针的护士说我皮太厚，扎不透。

扎第三针的护士说前两个护士是新来的……

心理医生:"如果你身上有个按钮,一按掉就会消除记忆,忘却那些或痛苦或烦心的事,你会不会按?"

病人答:"不是会不会的问题,一定是:'咦,这里有个按钮,按一下……咦,这里有个按钮,按一下……咦,这里有个按钮,按一下……'"

电话里,突然,A:"哎呀,好烫!"

B:"什么烫?"

A:"水。"

B:"慢点喝。"

A:"洗脚水……"

餐桌上,一个中年人对年轻人说:"我在亲子鉴定中心工作,你有什么需要帮忙的话,尽管来找我。"

年轻人:"我还没有结婚呢。"

中年人笑笑道:"你父亲如果有需要的话,也可以来找我。"

校园里面爆笑雷料多

课堂上,老师讲到生物多样性,讲到一半,问两个一直在讲话的同学叫什么名字,同学不回答……

老师就开口了:"连自己的名字都回答不上来,就是弱智,也是属于生物多样性的一种。"

两个学生聊天。

A:"我以前身体不好,现在跑马拉松都能拿冠军。"

B:"好样的。"

A:"我以前看见书就想睡觉,现在看到书兴奋得睡不着。"

B:"好样的。"

A:"你呢,近来有什么进步?"

B:"我以前脾气很坏,听到人吹牛,就想打人。现在脾气好多了,听到谁吹牛,我都会说'好样的'。"

两男是同桌,关系较好,出校看病一起回来。
进校门的时候守门的大爷亲切地问了句:"你们搞基的啊?"
A小脸儿憋屈,说了句:"大爷,我喜欢的是女的。"
B说:"人家是问我们是高几的。"

高中数学老师告诉我们:"考试选择题不知道选什么的时候就选C!"
底下同学正等着他用数学理论解释这件事。
结果数学老师说:"因为C这个字母啊,排行第三,三乘二等于六,六六大顺。乘三呢又等于九,天长地久,这么好的选项放在这,不选它选谁?"

大学物理课,老师讲到经典力学时,提到了船在水中运动的问题。过一会儿,讲到相对论,对我们说:"这回船变了,变成啥了呢,变宇宙飞船了!"

学生向校长反映学校食堂的饭菜特别难吃,完全不对他们的口味。校长听后很重视,把食堂的大厨找来,批评加警告地说:"如果不马上改进,你就走人吧。"大厨辩解道:"校长您还不知道吧,他们天天在食堂里抱怨你讲的课不好,这些孩子们的话,您不必放在心上。"

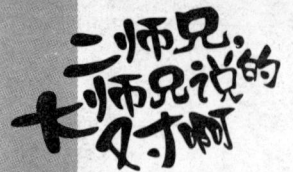

笑死人的普通、文艺、RB青年

 打酱油

普通青年:"路过。"

文艺青年:"飘过。"

RB青年:"撸过!"

 **当吃撑的时候**

文艺青年会说:"这肚子就像怀孕了三个月。"

普通青年会一脸空虚地埋怨:"撑死我了!"

RB青年则一脸轻松地说:"我歇会儿。"

感冒了

普通青年会拿着纸巾说："擦擦鼻子吧。"

文艺青年会说："秋意黯然,害得你身体不适,就让纸巾送去我对你的挂念……"

RB青年会说："哈哈!鼻涕泡儿真好玩!"

 骂人

普通青年:"你个烧饼。"

文艺青年:"露珠湿沙壁,暮幽晓寂寂。"

RB青年:"我喷你一脸狗屎!"

 冬天里的一个火堆

普通青年:"啊,好温暖,要是有他(她)就好了!"

文艺青年:"这火好美丽,象征着希望!我一定要努力了!"

RB青年:"往火里撒尿真好玩!"

 女生说好冷

普通青年脱下衣服给她披上;

文艺青年解开自己衣服把她搂怀里;

RB青年说:"你学我,蹦蹦就不冷了。"

 卡扎菲挂了
普通青年："跟我有毛关系！？"
文艺青年："独裁者还能有什么下场！？"
二B青年："哪门课！？"

 口腔溃疡
普通青年："口腔溃疡是上火长出来的。"
文艺青年："口腔溃疡是接吻长出来的。"
二B青年："口腔溃疡是刷牙太猛刷出来的……"

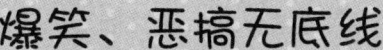

爆笑、恶搞无底线

刘姥姥走进大世界歌舞厅，台上，浓妆艳抹的巧姐正手握无线话筒，摆着腰在唱流行歌。

刘姥姥嘀咕道："这丫头真疯真馋，唱就唱呗，拿着个鸡腿子嚼个不停，这不丢人吗？"

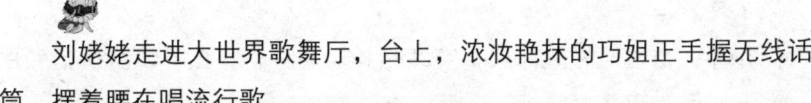

紫薇失踪了，尔康心急如焚，四处打听，终于有了一丝消息。

尔康筹集了巨款，来到便利店，把装满钱的袋子丢在对方面前，大声说："我要我的紫薇。"

对方掂了掂钱袋，给了他一盒伊利优酸乳。

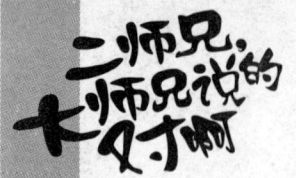

和MM一起看破案的电视剧,在真凶即将浮出水面的时候,没了。

MM说:"你知道怎样鉴别真凶吗?"

我想了想:"那就要证据证明啊。"

MM:"不对不对,像我这样,平躺着,胸塌下来均匀展开的,就是真胸。"

阿呆:"你经常出去旅游,有没有去过隆重这个地方?"

朋友:"我没听说过这个地方啊!"

阿呆:"哎呀,那么多活动都在隆重举行,你没去真是太可惜了。"

乔峰在杏林里威风凛凛,突然徐长老现身,指出乔峰身份证和户口本上的民族都是"契丹",乔峰百口莫辩!

事后乔峰追问乔三槐,乔三槐一脸惭愧:"唉,当初你不是学习成绩不好吗?为了高考加分,我托人送礼给你改成了少数民族……"

小明说:"你知道吗?台湾那个叫马英的真厉害,九连任了。"

两个小朋友在看新闻。

电视上出现一名男子在高楼上想跳楼自杀的镜头。

小A："你猜他会不会跳？"

小B："不会！"

小A："我说他会！我们来打赌100元！"

小B："好！赌就赌！"

不一会儿电视播放："男子纵身跳了下去！"

小B就给了小A100元！

几分钟后……

小A良心不安地对小B说："这100元还你，其实我中午看过报道，所以知道他会跳……"

小B："不必了，因为我中午也看过报道，只是不知道他为什么还要再跳一次！"

小A："……"

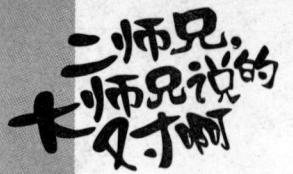

这些人搞的你很没脾气

 一天,老李在路上遇到熟人,上前打招呼,说:"你吃了吗?"

熟人道:"没吃呢!"

老李喔了一声,就走了。

这时,熟人拦着老李说:"你既然问我吃了没有,总该表示表示吧。"

 老李愕然:"怎么表示?"

"请吃饭啊!"

没办法,老李带他去饭馆,点了四菜一汤,花了五十多元。

回家路上,老李心里郁闷地嘀咕道:"以后我出门一分钱也不带,想宰我没门。"

 过了几天,在街上又遇到了那个人,老李故意问他:"你吃了吗?"

那个人哈哈大笑道："老哥还想吃我吃饭？"

老李摸摸口袋，说："想请你吃，可没带钱啊。"

谁知道让老李更郁闷的事来了，那人说："没带没关系，到你家吃得了。"

小笼包子铺前，一个顾客说："你这包子也太小了！"

小笼包子的老板说："你能吃下我二十个小笼包子的话，这包子钱我就不要了。"

"好啊，你可不许反悔啊。"这人说完就开始吃起包子来，当他吃到十二个包子时，对卖包子的人说："我去一下厕所马上回来。"

一会儿，他回来以后又开始吃包子，把二十个包子吃完了，说："今天我还没有吃饱，你再给我拿两个吧。"

卖包子的人惊讶地说："你的胃口真大呀。"

这时一个围观的路人道："这不是东门外的那一对双胞胎吗。"

邻居家杏树上的杏子熟透了，沉重的枝条耷拉到阿呆家的院墙里来。馋嘴阿呆拿来一把梯子，架到自己家的院墙上，美滋滋地吃起杏来。

邻居发现后，慌忙跑过来气愤地问阿呆："你在干什么？"

阿呆不慌不忙地回答说："没干什么，我在卖梯子。"

邻居又问："这是卖梯子的地方吗？"

"有什么大惊小怪的，这梯子是我的，我想在哪儿卖就在哪儿卖！"

公司新进了一批员工,职位安排要考试,只有一道题:1+1=?
人事部的答案是这样的:
答案等于2的进技术部,
答案大于2的进销售部,
答案小于2的进财务部,
什么都没有答的,进办公室,
说这个题出得SB的,不予录用。

一个公司的工资排名规律:用Word的不如用Excel的,用Excel的不如用PPT的,用PPT的不如讲PPT的,讲PPT的不如听PPT的。

一哥们儿叫武嘉伍,他办公室来了个新同事叫邓于石。

同事抱着头在办公室里坐着,我问:"你又生病啦?"
同事:"是啊,头疼。"
我:"有医生证明吗?"
同事:"就是弄不来证明,所以头疼。"

 公司一个MM喉咙痛,我送了她一瓶治喉咙的药。

她喉咙好了以后问我:"上次你送我的药很有效,一下就吃好了。"

我说:"当然有效了,很珍贵的说。"

她:"有那么贵吗?多少钱啊?"

我逗她说:"当然了,我怕说出来你得以身相许啊。"

她一下尖声叫道:"不是吧!要好几百?"

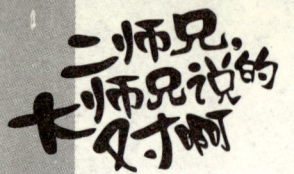

不雷不舒服，爆笑雷翻天

一哥们儿与女友吵架，不留神爆出一句："我TM就你生命中一过客！"

他女友听后愣住，然后幽幽说道："过客也是客，咱也得接呀……"

你小子给我等着，姐一定要出现在你家户口本上，当不了你老婆，就做你后妈；来不及娶我没关系，我会做你儿媳妇的，反正死也要做你们家的鬼。

老哥说：买了个杯子，上面印着"我要涨工资"，每每开会都要把这几个字冲着老板。

终于有一天，老板也买了杯子，上面写着"滚"！

课堂上，老师叫学生做一篇作文，题目是——假如我是经理。

学生们渐渐动起笔来，唯有一个男生神气十足地靠在椅背上，翘起二郎腿，剪起手指甲。

老师走到他跟前问道："你怎么不写？"

该生爱理不理地说："等秘书！"

自然课，老师提问："是什么原因导致人出汗？"

学生："您的提问，老师。"

算术老师在讲除法应用题时，为了使学生由浅入深地掌握运算方法，启发学生说："咱们班共有学生36人，分成18张课桌，那么，谁告诉我，每桌坐几个人？"一个学生说："两个"。"对！你是怎么算出来的？""是老师排出来的。"

那天一群人逛超市，突然我和朋友俩人都想大便，于是就去超市里的厕所。朋友问我："你有纸吗？"我说："有是有，但怕不够我用的，我用不完给你吧！"当我擦完屁股时，还剩三张纸，我就从厕所隔板那里把纸递给他喊到："剩纸到！"我朋友姓陈，回道："陈

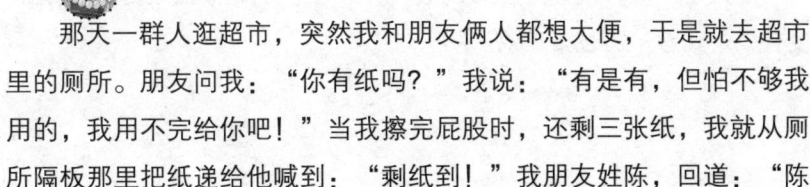

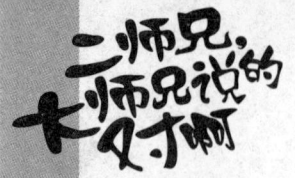

领纸谢恩!"

老板问我:"这星期六你能来加班吗?我知道你周末很爱玩,但这边真的很需要你。""行啊没问题,不过您也知道的,周末路上都很堵,估计得晚到一点儿。""嗯,那大概什么时候能到呢?""周一。"

同事前段时间回老家订婚,今天刚上班,我问他:"订了没有?"

这哥们儿说:"定不起,人要三斤呢,咱没钱啊。"

我说:"三金不是很正常吗?哪有不要的?"

这哥们儿说了:"不是你说的那个三金,是崭新的百元人民币三斤!"

老妈在看电视,老爸在沙发上睡着了。电视剧的声音:"我走了啊……"老爸:"走啥,再坐会呗。"

老妈:"……"

那天去买鞋,鞋店老板娘对我说:"我们的鞋质量很好的,从来没有一个顾客来买过第二双。"

李:"王总,你别管了,我来我来。"

王:"不行不行,李总太见外了,我来我来。"

李:"哎!每次都是王总你来,今天无论如何得我来了。"

王:"别别别,上回在上海就是你来的,这是在北京,你就让我尽一回地主之谊,我来我来。"

公交司机:"你们两个赶紧投币!后面还有人等着上车呢。"

某女经常通宵熬夜,可是天生丽质,经常有人追求。一天,她问一个追求者:"说说你追我的理由?"

那男的答道:"都说你是熬出来的,我猜味道肯定很不错!"

在看天气预报,女儿不小心摔了一跤,爬起来哭着告诉妈妈:"妈妈,我局部地区流血了!"

小女儿对父亲说:"爸爸,你抱着我,我给你提皮包,这样你就会轻松些。"

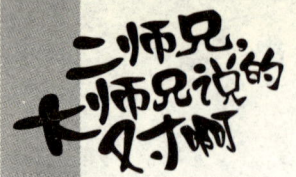

经理说：从今天起，你们的月薪增加至5000元！
员工回答说：好耶，经理万岁！经理，是因为公司效益好吗？
经理说：不，因为今天是愚人节！

有一天，天空乌云密布，接着是电闪雷鸣，爸爸见儿子呆呆地望着天空，于是就问："儿子，你说说为什么我们总是先看见闪电，然后再听见雷声呢？"
儿子："因为眼睛长在耳朵的前面呗！"

女儿3岁时，我责备她不该重复别人的谎言，告诫她千万别说谎。
她问为什么，我说："说谎的小孩会变成花，种在花盆里当装饰。"
为了确定她明白我的苦心，我问："你知道我的意思吗？"
她冷静地回答："知道，这是个谎言。"

某剧组拍戏，找不着群众演员，拉来一批当地黑社会凑数。因是夏天戏，得光膀子，带头大哥异常彪悍，好生威武。他一脱衣服，副导演差点昏倒，但见大哥两臂皆是纹身，左胳膊：天生我材必有用！右胳膊：世上只有妈妈好！

一同学倒腾电缆发了，非要请我吃日本料理，寒暄完了没啥话题，我就埋头吃北极贝，同学也自顾自吃。

他突然撸起袖子，热情地给我夹菜，男的给男的夹菜让我觉得很别扭。我说别夹了，他还是夹。我说别夹了！他还是夹。

我说："你怎么回事啊？"

他来了一句："你就不想知道我手上这16万元的表是啥牌子的？"

母亲说："今天能完成的事，不要留到明天。" 儿子道："好吧，把刚才的蛋糕给我，我今天都吃光了吧。"

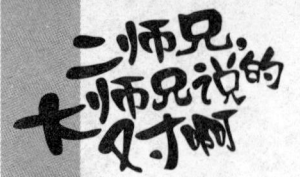

经典俏皮婚恋情感趣语

女人爱化妆,男人爱说谎。女人化妆欺骗男人的眼,男人说谎欺骗女人的心。

爱情使男人变得孩子气,使女人加速进入更年期。

男人永远无法了解女人,就像男人永远不知道痛经是一种怎样的痛。
女人永远无法了解男人,就像女人永远不知道蛋疼是一种怎样的疼。

八字是指:柴、米、油、盐、酱、醋、茶和钱。

七年之痒，就是一年新鲜、二年熟悉、三年乏味、四年思考、五年计划、六年蠢动、七年行动。

婚前，为了显示英勇，我经常带妻子去电影院看恐怖片；婚后，为了保护自己，我经常独自去电影院看功夫片。

只要你够高够富够帅，那些女孩子根本不在乎你是不是人！

有一天，友情和爱情碰见。
爱情问友情："世上有我了，为什么还要有你的存在？"
友情笑着说："你常常让人们流泪，而我的存在就是帮人们擦干眼泪！"

女人一旦结婚就开始重视她的老公，而男人一旦结婚就开始忽略他的老婆。

当男人陪女人购物时，100%的女人专注于商品，20%的男人专注于价格，剩下的80%专注于其他女人。

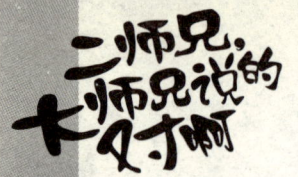

天不变暖，冷笑话持续

两个好友聊天。

A："昨天借给了那个考古学家一万元。"

B："那你别指望还了，100年人家根本不放到眼里。"

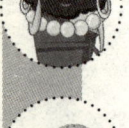

从前有个光棍，听说只要用美丽的羽毛把自己打扮起来就能吸引异性的注意。他照做了，从此以后，人们看到他都会赞一句："好大的掸(胆)子。"

有个精神病人总觉得自己已经死了，大夫怎么跟他解释都没用。

最后大夫问他："您说，尸体内的血会流吗？"

"不会！"大夫随即拿针往病人胳膊上扎了一下，冒出了一滴血。大夫问："这下您还有什么话说？"

"大夫我错了，尸体内的血是会流的。"

昨天买车的时候，我问销售代表："你们送不送车膜？"

他说："不送。"

我问："送不送盗抢险？"

他说："不送。"

我问："送不送脚垫？"

他说："不送。"

我不高兴了，说："你们总得送点什么吧？"

他想了想，说："这么着吧，我们免费给你装一个车铃！"

就这样，我一路拨着车铃，丁零零丁零零地开着回家了。

道士教导徒弟说："周日晚上十二点过后，是鬼魂最活跃的时候，最为凶险。"

徒弟奇道："这是阴阳上的讲究？"

老道士摇摇头："非也非也，实在是一到周一，鬼才想上班啊！"

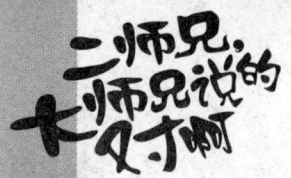

画家迷惑地注视着女模特："你是第一次在男人面前脱完衣服的吗？"

"当然不是，不过男人不脱的，是第一次。"

男："这么说，你答应结婚了？"
女："没。"
于是他俩又继续幸福地生活在一起。

老师："你这孩子不学好，我要告诉你父母。让你父母来一下。"

学生："都不在家，爸爸去了美国，妈妈去了日本。都过情人节去了。"

有趣、涵义丰富的搞笑俏皮话

1.

要是一路上还能遇到那么多性感漂亮的女妖精,我也去取经。

2.

在线可见的都是单身的,坐等人勾搭;离开、隐身的都是有事的,怕某些人打扰;至于不在线的,情况就比较复杂了……

3.

淘宝店主介绍自己衣服的面料:"此款面料弹性十足,堪比今麦郎弹面。"

4.

有一种凶猛的动物叫"企鹅",它不仅是搅局者、掠食者,还是终结者。

5.

"有件衣服，人人都有，却从来不穿，是什么衣服？""皇帝的新装。"

6.

倒霉起来就像俄罗斯方块，不停地有不规则的事件突如其来地掉下来，你必须在很短的时间内判断该把它们放在哪里。最糟糕的是，有时还没想好放哪里，新的麻烦又接踵而至了。

7.

人的影子其实就是魂。影子颜色看起来比较深，那就说明你身体好，魂魄厚实。影子颜色淡那就说明你……魂淡呗。

8.

蜘蛛说："天天QQ在线，咋没见到PLMM？闪闪烁烁的头像，不是苍蝇，就是蚊子。"

9.

股票指数的白线犹犹豫豫地突然拔地而起，如发射的火箭直冲云霄。然而，显示器的上沿阻挡了它上行的脚步，它无可奈何地低下高贵的头，哼哧哼哧地趴在那儿，喘着粗气。

10.

僵尸和婴儿可真像，都是头发凌乱、牙齿不全、食欲旺盛、攻击性强、走路不稳、衣着脏乱，而且，他们都不分黑白，晚上也让你无法入睡，都有把其他人变成僵尸的能力。

讽刺也可以如此幽默

某村在开会，3个小时过去了，会还没开完。这时，一位中年妇女站起身来向门口走去。
"您干什么去，不知道会还没有开完吗？"
"我家里有孩子呀。"
过了20分钟，又站起来一位年轻的妇人。
"您要去哪儿呀，您家并没有孩子呀？"
"我要是总坐在这里开会，我家永远也不会有孩子。"

经纪人对剧作家说："有好消息也有坏消息，你要先听哪一个？"
剧作家说："先讲好消息吧。"

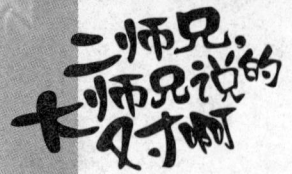

经纪人:"小黑很喜欢你的剧本,而且紧咬不放。"
剧作家说:"好极了,那坏消息呢?"
经纪人:"小黑是我家的那条狗。"

有个清瘦高个子的年轻人,留着一头披肩长发,得意地在街上散步。
一中年男子一直跟在其后上下端详,然后对年轻人说:"小伙子,我想给你拍一张后侧位人头像,用于商业广告,可以吗?"
年轻人很高兴,说:"我猜你一定是发型设计师。"
中年人说:"你猜错了,我是卖拖把的。"

古时候,一个县里举行宴会,众人喝得高兴,县令、县丞等都起身手舞足蹈,而县尉只是回过身去,不动。
县令问:"你怎么不动手?"
县尉答道:"你动了手,县丞也动了手,只剩下一个县尉如果再动起手来,百姓还有活路吗?"

甲:"你的身材怎么保持得那么好?"
乙:"靠跑路。"
甲:"那么怎样才能保持跑路的习惯呢?"
乙:"靠欠债。"

美国宇航员登上火星后发现一块石头上竟然有两幅画和一行阿拉伯数字，他们认为这是火星人曾经到达过地球的历史记录。美国召集了许多科学家和数学家进行分析，始终破译不出那11位数字的意思。有位科学家怀疑那两幅画是两个汉字，翻翻字典，肯定地说："这两个绝对是汉字，这两个字的发音是'办证'！"